히말라야 일정표

날짜	숙소	고도(m)	에피소드
10월 24일	라마호텔*	2,340	사진작가님, 알레르기로 되돌아가심. 단장님, 다리에 쥐가 나서 하산명령 받음.
10월 25일	랑탕	3,330	김명자, 김지윤 고산병 시작. 고산병 1호 환자 김명자, 댄스 배틀을 벌여 완쾌.
10월 26일	걍진곰파	3,730	하산했던 박경희 단장님이 합류. 코스 중 첫 번째 봉에 오름. 대부분 고산병이 시작.
10월 27일	랑탕	3,330	일정 중 유일하게 같은 곳에서 숙박. 코스 중 가장 높았던 두 번째 봉에 오름. 가장 오랜 시간 트레킹 했고 모두들 고산병으로 힘들었던 날.
10월 28일	뱀부	2,220	낮에 스텝들 앞에서 노래공연하며 재롱잔치. 트레킹 중 가장 행복했던 곳. 저녁은 닭백숙과 닭볶음탕. 태어나 가장 맛있게 먹음. 준비해 간 환우가족들의 응원 메세지 낭독과 이번 행사 제목의 '핑크릴레이'의 취지를 다시 한 번 고취
10월 29일	신곰파	3,350	하산했다가 다시 산을 오르는 일정. 계단식 논을 끝없이, 한없이 올라감. 점심에 먹던 비빔국수가 맛있었고 안개 속 구상나무가 꿈결같이 아름다웠던 곳. 한왕용 대장님과의 마지막 밤. 환송회를 위해 주방장이 만든 쌀 케이크에 감동.
10월 30일	코사인쿤드	4,380	호숫가에서의 'I HAVE A DREAM' 합창장면을 KBS에서 촬영. 이번 트레킹의 클라이맥스. 숙소에 들어가기 싫을 정도로 너무 추운 날씨.
10월 31일	곱테	3,430	10월 마지막 밤에 남자들끼리 모여 기분 냈다. 혹시나 우리도 부를까 기다렸는데 미혼자만 불러 살짝 삐졌음. 종일 안개비가 왔던 곳.
11월 1일	쿠툼샹	2,470	붉은 랄리구라스 꽃이 아름답고 안개와 눈과 비를 차례로 거치던 곳. 함박눈이 황홀하게 내려 크리스마스 카드에 나오는 풍경이 펼쳐지던 곳.
11월 2일	치소파니	2,215	노동영 박사님이 '양요리를 한턱낸다'하셨는데 며칠 전 네팔축제로 양이 없어 대신 칠면조 크기의 닭 11마리로 닭고기 파티. 산에서의 마지막 날이라 현지인들과 같이 노래 배틀을 벌임. 일정 중 처음으로 바람이 들어오지 않는 제대로 된 산장에서 잠.

* '라마호텔'은 숙박형태의 호텔이 아닌, 지역을 나타내는 고유명사.

핑크
히말
라이

핑크 히말라야

유방암도 이긴 아홉 **여인들**의 **히말라야** 등반기

한국유방암환우회합창단

이콘

히말라야...

쉬운 산은 아니다, 결코 아무나 오를 수 있는 산도 아니다. 이 신성한 히말라야가 허락한, 선택된 여인들은 과연 누구일까?

2011년 봄, 사무실로 두 여인이 방문했다. 그들은 유방암에 걸린 환우 모임의 대표라고 자신들을 소개하고 회원들과 함께 히말라야에 오르고 싶다고 했다. 난 그 이야기를 듣고 무척이나 궁금했다. 보통 사람들이라면 겁을 내기 마련인 히말라야가 저들에겐 아무렇지 않은 것일까? 아줌마들이라면 익숙한 지리와 풍경이 좋을텐데 왜 굳이 낯설고 힘든 산을 택하려고 할까? 결국 그녀들도 본능적인 무언가 때문에 히말라야에 오르려는 것은 아닐까 생각했다. 내 경험상 사람은 가장 힘들거나 힘든 일을 겪은 뒤 자신도 모르게 내면에서 무언가가 나오기 마련인데 그분들에게는 새로운 곳에 대한 도전과 꿈이 그것이리라.

산을 오를 때 적극적으로 오르고 산이 주는 고산병을 '활발하게' 이겨낸 사람은 생활로 돌아와서도 '활발하게' 생활한다. 왜 그럴까? 히말라야에 오르는 대부분의 사람들은 정상에 대한 고집과 집착을 꺾으려 하지 않는다. 오로지 정상에만 오르기 위해 모든 체력을 사용한다.

하지만 오르는 길이 끝이 아니다. 하산이라는 길을 위해 체력을 남겨두어야 한다. 한계를 모르고 계속 진행한다면 타인까지 무너지고 산에 오른 의미도 퇴색돼 버린다. 자신의 체력과 한계를 인정하고 하산하는 것이 진정한 용기인데 자신의 아픔과 한계를 겪어보지 않았기에 무모해지고 마는 것이다. 하지만 그녀들은 달랐다. 난 그녀들의 행동에 내심 놀랐는데 자신의 한계를 정확히 인정하고 건강하게 포기했기 때문이다. 아마도 그녀들은 과거 아픔을 겪으며 언제 포기하고 언제 올라야 하는지가 몸속에 받아들여진 것일지도 모른다.

히말라야에 오르기 위해서는 무엇보다도 열정과 정신력이 중요한데 과거 유방암이라는 아픔을 겪은 이분들은 꼭 나아야겠다는 절실함에서 생긴 열정, 정신력 때문에 신성한 히말라야에 오르고 히말라야의 숨결도 느낄 수 있었던 것 같다. 결국 활발하게 모든 것을 받아들이는 사람들이 더 좋은 것들을 받아들일 수 있는 기회를 열어둔 것일지도 모르겠다.

가슴이 아름다운 9명의 여인들이 히말라야에 올랐고, 그 열정을 바탕으로 한 권의 책을 탄생시켰다. 히말라야의 새로운 개척지를 찾기 위해 설렘과 기분 좋은 긴장감을 가질 때의 마음으로 이 책도 펼쳐볼 생각이다.

유방암에 걸렸거나 과거 아픔의 덫에 걸려 넘어진 사람, 새로운 것을 시작하기에 버거운 사람, 지금 너무 힘든 일에 빠져있는 사람, 그리고 9명의 귀여운 아줌마들이 어떻게, 어떤 마음으로 히말라야와 유방암을 이겨냈는지 궁금한 사람들에게 히말라야를 추천하듯 이 책도 추천한다.

모든 건 본인의 마음에 따라 달라진다. 그게 히말라야이든, 인생이든 말이다…….

산악인 한왕용

오늘도 "HA~PPY TA~LK"를 흥얼거리며 이산, 저산을 열심히 오르고 있는 우리들은 '유방암'이란 친구와 만난이후 합창으로 함께 모였다. 우리들은 유방암이란 놈을 떼어버리려면 산으로 가야한다고 등이라도 떠밀린 것처럼 삼삼오오 모여서 산으로 향하곤 했다. 그렇게 내공을 쌓아가던 어느 날, 우리 입에서 '히말라야'라는 단어가 자연스럽게 흘러나왔다. 암 진단을 받은 후 철저한 계획과 인내로 수술과 그 독한 항암치료의 긴 터널을 빠져 나왔듯이 '히말라야'로의 먼 길도 그렇게 진행되었다. 우리가 예전에 암세포와 친구가 되었듯, 히말라야 그곳에서도 고산병과 친구가 되어 한 발자국 한 발자국 정성스럽게 굽이굽이 13박 14일 동안을 넘나들었다.

이번 히말라야 등반에는 우리 한국유방암환우회합창단원 9명, 서울대병원 암병원의 노동영 원장님, 디자인 재능기부단체인 'project-some'의 최미진, 이수진 작가, 일본 아키타의 스키강사인 고타로, KBS 영상앨범 〈산〉팀의 이동훈 감독, 우리를 이끌어 주신 한왕용 산악대장님과 그분의 지인들로 등반 내내 우리를 보살펴주신 최주환, 민대동, 김정진 님. 그리고 히말라야 등반 첫날에 심한 알레르기로 부득이하게 하산하게 되어 우리 모두를 안타깝게 했던 이윤한 사진작가 님도 함께 해주셨다.

인생의 긴 여로를 흔히 마라톤에 비유하듯 우리들의 히말라야 등반도 우리가 과거에 겪었던 항암치료의 그 여정과 비슷하리라. 뼈를 깎는 고통이 수반되었지만 이제는 우리들 가슴에, 또 인생의 가장 소중한 무엇으로 남아 있는 두 과정을 『핑크 히말라야』 한 권의 책으로 엮었다.

우리들 처음 약속대로 9명으로 히말라야 등반을 시작해 아무 탈 없이 9명으로 마칠 수 있게 해주신 박경희 단장님과 못 쓰겠다고 앙탈을 부리던 우리 작가들을 늘 웃음으로 달래던 아름다운 그녀, 김지윤 씨가 없었으면 『핑크 히말라야』는 이 세상에 존재하지 못했을 것이다. 또 글이라곤 초등학교 시절에 일기 쓴 경험이 대부분인 우리들을 작가로 변신시켜 주신 이콘출판사의 정은아 팀장님과 흙속에 묻힐 뻔한 우리들의 이야기를 책상 위로 끌어올려주신 김승욱 대표님, 유방암 환우들을 위해 이번 히말라야 트래킹의 마중물이 되어주시고 밤을 새워 공항에서 귀국을 환영해 주셨던 아모레퍼시픽·한국유방건강재단 관계자 여러분들께도 무한한 감사를 드립니다. 환우회 아줌마들의 영원한 우상이신 이건수 지휘자 선생님께도 머리 숙여 감사드린다.

우리가 오른 '랑탕-코사인쿤드' 코스 중 가장 높은 봉우리인 5,003m의 체르코리를 오르던 날, 새벽 5시에 시작하여 한없이 계속 될 것만 같았던 그날의 고된 행군도 비록 한밤중인 밤 10시가 훌쩍 넘어서야 끝나긴 했지만 시작이 있으면 어찌되었든 그 끝은 꼭 있다는 것을 우리에게 다시 한 번 깨닫게 하였다. 영원히 끝날 것 같지 않은 항암 치료, 그 고통의 긴 터널 가운데에 계신 암 환우 분들과 어찌 보면 더 힘든 싸움을 하고 계신 그 가족 분들에게 작으나마 『핑크 히말라야』가 겨자씨 만한 용기와 희망이라도 드릴 수 있었으면 하는 바람이다.

한국유방암환우회합창단 대표
이병림

3부 올라갈 땐 볼 수 없었던 소박한 아름다움

북한산에도
못 가본 아줌마들,

히말라야
김칫국을
마시다

아줌마의 뜻이 있는 곳에 싸고 안전한 길이 있다고 했나? 우리들이
허공에 띄운 "해볼까?" 이 한 마디가 모든 사람들의 "해봅시다"란 말
들과 합쳐져 우리의 구름 같던 히말라야의 꿈을 단단하고 아름다운
히말라야 꽃길로 만들어주었다. 아줌마는 힘이 세다!

많은 생각을 하고 내 병을 받아들이고 이겨내는 연습을 하기 위해
나는 매일 현충원엘 갔다. 많은 죽음과 비문들을 보며 남겨진 사람
들의 그리움도 알았다. 결국 그곳에서 깨달은 건 세상에 살아남는 것
이 내 가족에게 해야 할 최소한의 의무라는 생각이 들었다.

2000년! 새천년이 시작되었다는 축제의 그 해, 난 유방암 확진을 받았다. 하지만 다행히도 초기에 발견해 수술과 치료는 어렵지 않게 지나갔다. 그러나 암이란 존재는 언제 다시 고개를 들이밀지 모르는 불안한 작자이기에 동병상련의 아픔을 같이 겪은, 겪어갈 지지 그룹이 필요함을 절실히 느꼈다. 마침 같은 병원에서 수술을 받은 사람들이 등산모임을 만들었다는 소식에 산행을 즐겨 다니지는 않으면서도 덜컥 가입을 해버렸다. 당연히 산에 오르는 모든 것들이 다 어설펐다.

오래도록 기억에 남을 내 첫 산행은 소백산 연화봉 코스였는데 정상까지는 언감생심 생각도 못하고, 다른 동료들에게 폐를 끼칠까 그저 기를 쓰고 걸었다. 그렇게 용을 쓰고 오르다 보니 어느덧 정상! 태어나 처음으로 가장 높은 곳에 올라 본 그 날의 환희는 내 평생 그 어떤 산보다도 내 기억의 장에 가장 오래 남아 있을 듯이 감격스러웠다.

지지그룹과 같이 활동하는데 재미를 붙인 나는 합창단에도 가입해 화요일에는 등산을, 토요일에는 합창단에 나가는 나름 바쁜 생활을 하곤 했다. 반가운 사람들을 만나 재잘거리고 노래 부르고 산을 같이 오르고 수다 듣는 즐거움, 쉬는 시간 총무가 주는 별것도 아닌 떡 한 조각의 별미들로 나의 암 스트레스를 훨훨 날려 버릴 수 있었다. 내가 가진 불안을 같이 나눌 사람들과 함께여서 예전 여고 시절의 순수함을 떠올리며 즐거운 시간을 보냈다.

그러던 어느 봄날, 산에 오르던 중 누군가가 '히말라야가 그렇게 아름답대'란 얘기를 했고 또 누군가는 '우리도 그 산에 갈 수 있을까?'라는 말을 시작으로 웅성웅성 말이 오가고 있었다. 평소 산을 오를 때면 '히말라야도 가봐야 되지 않니?'라고 농담 반 진담 반으로 이야기하곤 했는데 역시 아줌마의 힘은 대단해 몇 마디 말들이 오가고, '그렇담 가자!' 그 자리에서 결정되었다. 그중 신중한 몇 명이 '구체적으로 생각을 해 보자'란 이야기가 나왔고 왁자지껄 한 와중에 환우회합창단과의 연계 계획이 수면으로 떠올랐다. "우리는 유방암을 겪고 이겨내고 있는 환우니까 다른 환우들에게 희망을 줄 수 있는 프로젝트를 짜서 다녀오는 것이 어떨까?"란 말이 나왔다. 이후 능력 있고 부지런한 일꾼들이 앞장서 이리 뛰고 저리 뛰고 한 결과, 제안서가 제출되고 지원금도 나와 마침내 우리의 첫 히말라야 등반은 10월로 정해졌다.

히말라야에 간다는 기대만 가득찼을 뿐이었던 내가 막상 실전을 생각 하니 걱정이 한두 가지가 아니었다. 북한산도 못 가본 내가 히말라야? 하지만 다행히도(?) 동네 뒷산도 못 가본 사람들도 있었다. '아니 그럼 우리들은 산에 올라 본 경험도 없이 히말라야에 가겠다고 손을 든거니?' '애고 애고 큰일 났네.' 그리하여 각자의 일정과 체력의 난이도에 따라 계획을 급하게 추가. 이렇게 6월부터 히말라야에 오르기 위한, 일명 '사전체력훈련' 시간표가 세워졌고 장비도 챙기기 시작했다. 헌데 등산복을 사면서의 의문은 아직도 풀리지 않는다. 어찌하여 등산복이 그다지도 비싸야 하는지. 그래도 여행에 대한 기대와 설렘은 사춘기 여고생 때와 별반 다르지 않는 즐거움 그 자체였다. 참고로 난 여행 때마다 잠옷을 챙겨 가는데 사람들 대부분 편한 옷을 챙긴 것에 반해 내 잠옷은 길게 옆트임이 있는 통짜 비단이라 연습 등반 동안 '주태후'란 별명을 얻었다.

어찌됐든 알록달록 예쁜 새 등산복들을 바라보니 히말라야는 물론 킬리만자로까지 다녀와야 본전을 뽑을 것 같다. "그래! 까짓것 가자~ 히말라야! 이 주태후가 간다." 조광제

2011년 완연한 봄기운이 느껴지던 날, 박경희 단장님과 이런저런 이야기를 나누다 "저는 올가을, 유방암 수술을 한 지 10년째예요." "그래? 난 내년 봄이면 20년인데." 이렇게 시작된 이야기는 마라톤처럼 이어지다 네팔의 히말라야까지 이르게 되었다. 히말라야 등반 계획은 '한국유방건강재단 공모'에 우리가 히말라야에 가겠다는 제안서를 신청해 채택된 것이 계기가 되었다. 지원금, 거금 1천만 원이 우리 한국유방암환우회(이하 한유회)에 주어졌다. 제안서에 쓴 대로 우리들은 꼭 히말라야에 가야했다. 이 지원금이 우리가 큰일을 해 낼 임무를 준 것이다.

한유회합창단은 유방암 환우들로만 구성된 합창단으로 2005년 창

단되었다. 우리는 토요일 오후마다 모여 합창을 하곤 했는데 어느 날, 히말라야에 오르내리는 내내 우리의 주제곡이 되기도 한 'I HAVE A DREAM' 합창을 마친 뒤 단장님이 폭탄발언을 해버리셨다.

"올 10월에 우리 합창단이 히말라야에 가려고 하는데 갈사람?"

잠시 술렁이더니 하나, 둘, 셋, 벌써 10여 명 가까이 인원이 모였다. '아! 히말라야, 우리 정말 갈 수도 있겠다.' 자, 이제 인원은 어느 정도 모였으니 어느 여행사를 통하고 우리들과 함께 갈 의사선생님은 있으실까? 인터넷으로 이곳저곳 여행사를 뒤적이다 '신발끈 여행사'의 이사, 한왕용 산악대장님의 이름이 번쩍 눈에 띄었다. 우리나라에서 히말라야 14좌를 세 번째로 오르신 분이다. '딱이다!' 그렇게 단장님과 나는 여행사 건물 안으로 들어섰고 그 많은 여행관련 서적과 사진들을 보는 순간 벌써 가슴은 히말라야에 도착한 듯 쿵쾅쿵쾅 울리기 시작했다. 시작이 반이라더니 마음은 벌써 히말라야를 넘어 세계 이곳저곳을 넘나들고 있었다.

여행사를 방문 한 며칠 뒤 우연히 노동영 박사님과의 점심식사 약속이 잡혔다. 단장님과 나는 '외래 환자를 하루에 200명도 넘게 진료하실 정도로 바쁜 박사님께서 2주간의 일정으로 히말라야에 가실 수 있을까?' 생각하니 1%의 가능성도 보이지 않았다. 그래도 히말라야 등반 일정표가 들어있는 봉투를 행여 다른 사람이 볼세라 슬쩍 건네며 "박사님, 나중에 한번 읽어 보세요" 하곤 후딱 일어서서 나왔다. 그런데 몇 시간 후, 기적 같은 일이 일어났다. 그 바쁘신 박사님께서 가시겠다는 연락을 주신 것이다. 그것도 평소 당신처럼 간략하게 '함께 갈게요' 한 마디. 박사님께서는 우리가 매일 사용하는 컴퓨터를 리셋reset

하듯, 하루하루 숨 가쁘게 살아오신 자신을 리셋하고 싶어 히말라야를 선택하셨단다. 어쩌지, 점점 일이 크게 벌어지고 있다. 이제 히말라야로 전진뿐이다. 후퇴란 불가능해졌다.

어느 날 한 대장님께서 여행준비로 이래저래 부산한 우리들을 보자고 하신다. 흔히들 가는 코스보다 '다울라기리Dhaulagiri 코스'가 어떻겠냐며 일정표를 건네준다. '다울라기리 코스'는 8,167m, 네팔 북중앙에 위치한 세계 제7봉으로 잠을 자는 숙소로 롯지 대신 전 일정 텐트 야영이란다. 기간도 13박 14일로 조금 더 길어졌다. '다울라기리' 관련 도서를 서점에 가서 찾아보았다. 없다. 인터넷에서 가까스로 찾아보았는데 다른 코스보다 더 험한지 사진들도 공포분위기 일색인데다 후기들도 한결같이 고생스러웠다는 평이 대부분이다. 우리 일행들도 전 일정 텐트 숙박이란 말에 안 그래도 경외의 대상인 히말라야가 이제는 공포의 대상으로 느껴지나 보다. 일행들과 며칠을 고민한 끝에 다른 코스로 부탁을 드렸다. 그렇게 해서 마침내 우리에게 딱 맞는 코스가 다시 나왔다. '랑탕-코사인쿤드Lang Tang-Gosainkund.' 처음 들어보는 코스지만 이름부터 멋지다. 그렇게 날짜, 코스, 인원 등 기둥은 세워졌다. 자, 그럼 이제 우리의 사진을 예쁘게 찍어주실 분?

예전에 우리 합창단이 공연을 할 때 사진촬영 자원봉사를 해주셨던 직장인 아마추어 사진작가님이 계셨는데 히말라야의 랑탕계곡은 '신들의 산책로'라 불리우는 세계3대 계곡 중 하나로, 촬영하는 사람이라면 꼭 한 번 가보고 싶어 하는 곳 중 하나라며 선뜻 동참하시겠단다. 플래카드, 모자에 붙이는 와펜, 배낭에 예쁘게 걸어야 할 깃발의 디자인은 우리 합창단의 든든한 재능기부 팀이자 내 조카가 활동하고 있는 디자인 그룹 'project-some'이 이번에도 우리의 기대에 부응하겠다고 포부를 밝힌다.

아줌마의 뜻이 있는 곳에 싸고 안전한 길이 있다고 했나? 우리들이 허공에 띄운 "해볼까?" 이 한 마디가 모든 사람들의 "해봅시다"란 말들과 합쳐져 우리의 구름 같던 히말라야의 꿈을 단단하고 아름다운 히말라야 꽃길로 만들어주었다. 아줌마는 힘이 세다! 이병림

네? 전 그냥 평범한 주분데, 암이라뇨?

2000년, 서울대병원 유방암 환우들의 모임이 만들어졌다. '환우회'가 뭔지, 무슨 일을 해야 하는지, 뭐가 뭔지도 모르면서 시작했던 환우회. 노동영 박사님과 주변 환우들의 도움으로 하나둘 자리가 잡혀 가고 그중 건강을 위한 등산모임도 만들어졌다. 모임을 만들고 그 사람들과 함께 히말라야에 오를 수 있었던 건 단 하나의 사건에서 시작된다. 내가 유방암에 걸린 것이다. 유방암을 겪고 있거나 겪었거나 오늘 암이라는 통보를 받은 그들 모두가 나와 같은 심정이었으리라.

나는 어느 날 갑자기 환자가 되어버렸다. "내가 진짜 유방암?" 그랬다, 그냥 어느 날 내 가슴에 몽우리가 있었고 그게 내 유방암이란다. 유방암 환자가 되고 싶어 된 것도 아니요, 누군가 "왜 걸렸니?"라고 물으면 "나도 몰라, 그냥 암이래." 미치도록 믿고 싶지 않은 일이지만 내가 놀라고 주위가 놀랐다. 병이란 항상 어떤 조짐을 보내주는데 나는 그것을 느끼지 못하고 시간이 흘러가 버렸다. 그도 그럴 것이 나는 정말로 건강이 철철 넘쳐흐르는 평범한 가정주부였다.

1989년 남편이 일본 주재원 생활을 마치고 우리 가족은 한국으로 돌아왔다. 일본에 있을 때 일본어를 가르쳐준 선생님이 서울에 유학사무소를 내고 싶다며 내게 부탁을 해왔다. 처음엔 두팔 저으며 적극적으로 거부했지만 이것이 내 인생 마흔 살에 찾아온, 가정에서 사회로 나온 첫 계기가 되었다. 처음엔 뭐가 뭔지 몰랐지만 익숙해지니 정신없이 바빠지기 시작했다. 바쁜 나날이 계속되고 내 몸에서 신호가 왔다. 걸음을 떼기조차 어려울 정도로 피곤했고 의자에 앉기만 하면 졸음이 밀려왔다. 바빠서 그런 줄 알았지 유방암으로 이어질 줄은 생각도 못했다. 2년 뒤 친정에서 뒹굴다가 무심코 만진 가슴에 몽우리가 잡혔다.

"어? 엄마, 유방에 몽우리가 잡힌다, 유방암인가?"

"의사한테 가봐야지 내한테 물으면 우째아노?"

집에 돌아와 샤워를 하는데 또 만져진다. 기분이 좋지 않다. 이튿날 출근하는 남편에게 말했는데 평소 워낙 건강한 마누라라 별 반응 없이 출근한다. 근데, 어느 병원을 가야하나 막막했다. 산부인과? 아니면 외과? 혼자 고민하다 친구에게 전화를 했다. 오만가지 수다를 다 떨고 내린 결론은 외과였다. 유명하다는 외과에 갔더니 그곳은 항문 전문이라며 유방 전문 클리닉을 소개해 줬다.

정말 편하게 검사를 받았는데 의사선생님은 현 상태로도 암이 확실하단다. 90%이상 암이란다. 난 나머지 10%에 미련을 버릴 수가 없어 오진이길 바라며 조직 검사를 하겠다고 했다. 의사선생님은 조직에 손을 대면 진행이 빨라지니 검사 후 일주일 안으로 수술을 하는 게 좋다고 한다.

조직 검사 결과는 역시 암으로 판정이 나고 나는 서울대병원에서 수술을 받기로 했다. 일사천리란 말이 이런 건가? 지난 토요일, 친구들과 만나 먹고 떠들면서 가슴에 몽우리가 잡힌다고 병원에 가봐야 할 것 같다고 수다를 떨었었다. 월요일에 암이란 소리 듣고 목요일에 조직 검사 결과가 나와 입원하고 금요일 수술.

주위에서 걱정스런 인사(?)를 한다. 나는 그냥 쓸쓰레 웃어야 한다. 그 어떤 말도 귀에 들어오지 않았다. 오직 '아! 내가 죽게 되나 보다' 오직 죽음이란 것에 초점이 맞추어져 나 혼자 죽음의 세계를 헤매고 다닌 것 같다. 그때만 해도 '암=죽음'이던 시기였으니까 '내가 정말 죽는 건가?' 하다가도 암이란 것이 눈에 보이지 않으니 더욱 미칠 지경이었다. 그나마 위로가 되었던 건 '죽으면 나보다 먼저 가신 분들도 볼 수 있겠지' 였다. 얼굴도 모르는 아버지, 그보다는 외할머니가 보고 싶고 시어머니도 보고 싶네. 얼마 전에 죽은 이종사촌 동생도 보고 싶고. 근데 내가 가면 모두들 뭐라고 할까? '내가 죽고 나면'에 생각이 미치자 그때서야 남편과 아이들, 친정 엄마가 눈에 아른거린다. 남편은 애 딸린 홀아비, 애들은 엄마 없는 자식, 우리 엄만 어떨까? 남편 복 없는 년은 자식 복도 없다면서 눈물로 세월을 보내시겠지. 하지만 무엇보다도 애들이 가장 마음에 걸렸다. 고3 아들은 대학가야 하는데, 고1 큰딸은 어떻게 하나. 중2 막내는 아직 엄마 손이 필요한데. 어떻게 하나. 그냥 눈물만 흐르고 외치는 말은 '하느님 살려만 주세요' 였다. 이때처럼 간절하고 절박했던 때가 또 있었을까? 내가 이러는 동안 가족들은 어떠했던가? 큰딸은 울고 엄마도 우시고 그냥 전부 우는 일밖에 할 수 있는 일은 없어 보인다.

암에 걸리기 이전엔 힘든 일이 있으면 그냥 무심코 "죽어야지 못살아, 죽고 싶어, 죽을래?" 생각 없이 뱉어 내던 말이 암을 앞에 놓고, 죽음을 앞에 놓으면 얼마나 무섭고 두려운 존재인 줄 아는가? 얼마나 살고 싶은지 아는가? 살기 위해 얼마나 처절한 몸부림을 치는데, 살려달라고, 살고 싶다고……

　그렇게 나는 암이라는 존재와 더불어 살고 죽음과 가까운 사람이 되어 있었다. 어느 날 갑자기 말이다. (박경희)

　평범하고 더운 여름날이었다. 친구는 국민건강보험공단에서 실시하는 건강검진을 받으러 간다며 무섭고 심심하니 같이 검사를 받자했다. 건강검진 받은 지도 몇 년은 지났기에 가벼운 마음으로 따라나섰는데 병원에서는 유방암이 의심된다며 초음파 검사를 권했다. 아무런 병이 아니기를 기대하며 검사를 받고 맘 조리던 시간도 지나 결과를 보러갔는데 의사선생님은 검사 결과가 좋지 않다며 큰 병원에 가보란다. 그 말에 잔뜩 겁을 먹고 얼른 큰 병원으로 가서 조직 검사를 받았다. 검사는 간단하고 상처도 남지 않고 빨리 끝났다. 검사 내내 아무 일도 일어나지 않기를, 암이 아니기를 간절한 마음으로 기도하고 또 기도했다. 검사 결과가 나올 동안 친구들과 예정된 여행을 떠났는데 여행 내내 웃고 떠들고 즐거웠지만 친구들이 모르는 내 마음은 불안하고 무서웠다.

　여행에서 돌아온 다음 날 남편, 아들과 함께 결과를 보러갔다. '설마'하며 긴장하고 의사선생님 입만 바라보고 있던 내게 마우스만 계속 돌려대던 의사선생님은 "암"이라는 말을 전했다. 병실을 나온 우리는 근처 아이스크림 집으로 향했다. 목이 메어 아무것도 삼킬 수 없고 아들은 내 눈치만 살피고 남편은 아예 혼나간 사람처럼 정신없이 아이스크림만 입으로 퍼 넣었다. 우리 모두가 제정신이 아닌 것 같다. 결국 집으로 향하는 버스 안에서 아들 앞인 줄도 모르고 하염없이 울었다. 무념무상의 상태에서 눈물이 줄줄 흐른다.

결과를 도저히 받아들일 수 없기에 다른 병원을 찾았다. "혹시나 오진은 아닌지 결과를 받아들일 수 없어 왔다"는 내말에 "대법원 판결이 바뀌는 것 보셨나요? 조직 검사 결과가 암이면 결과는 절대로 바뀌지 않습니다"라며 수술 날짜를 잡으라고 한다. '아! 정말 내가 암인가? 그럼 죽는 건가? 이제부터 무엇을, 어떻게 해야 하는 걸까? 아이들에게는 마지막으로 뭘 해줘야 하는 걸까? 치료는 얼마나 아프고 통증은 어느 정도일까? 등등 수없이 많은 생각들이 떠올랐다. 남편에게 1주일의 시간을 달라고 했다. 도저히 받아들일 수 없었기에 시간을 두고 생각하고 결정하기로 했다.

'수술 말고 다른 방법은 없을까?' '수술만 받으면 살 수 있을까?' 생각할 것들이 계속 떠오른다. 답답한 마음에 유방암에 걸렸던 친구에게 전화를 했더니 그렇게 걱정이 된다면 다른 병원을 한 번 더 가보라길래 서울대병원의 노동영 박사님을 찾아갔다. 역시나 여기서도 결과는 마찬가지였다. 세 번째 유방암 결과다. 이제는 받아들일 수밖에.

그리고 내 입에서는 "난 아직 애들을 하나도 치우지 못했는데요"라는 말이 튀어나왔다. 당시 26살인 딸아이 걱정과 죽음의 그림자가 확실히 드리워지는 순간이기 때문이리라. 암에 대해 생각해 본 적도 없는데 갑자기 당한 막막함. 내가 결혼할 당시 오빠 손을 잡고 결혼식장에 입장하던 내 모습. 우리 딸도 엄마 없이, 예전의 내 심정으로 결혼식장에 들어서면 어쩌나 하는 걱정. 이런 나의 심정을 눈치 채신 듯 박사님은 나의 어깨를 토닥인다. "괜찮아요, 죽지 않아요."

아버지는 내 나이 11살, 엄마는 20살 때 돌아가셨다. 부모님이 돌아가신다는 건 세상 모든 것을 다 잃는 그런 느낌이다. 하늘이 노랗고 온 우주가 빙빙 도는, 갈 길 잃고 의지할 상대를 잃은 난 말없는 사람이 되어갔다. 부모님이 없다는 이유로 시댁에서 결혼을 반대했는데 처음부터 부모 없는 사람이 어디 있냐고, 난 이 사람과 꼭 결혼하겠다고 오기를 부렸던 기억이 난다. 첫 아이를 낳고는 심한 우울증에 시달리기도 했다. 엄마가 보고 싶고 외롭고 늘 혼자인 게 싫었다. 내가 유방암이란 통보를 받고 제일 먼저 딸아이가 걱정 된 것도 아마 이런 이유일 것이다.

유방암을 받아들이는 느낌은 머리에서부터 발끝까지 나에게 남아 있는 모든 힘이 다 빠져나가는 느낌이다. 세상을 향해 온갖 원망을 쏟아내듯 내가 믿고 섬기던 하느님마저 부정하고 원망하고 정신나간 사람처럼 며칠을 보냈다. 세상을 모범생 같이 살아왔다고 생각했다. 착하게, 욕심 없이 살려고 노력했다. 단지 건강하게만 살게 해 달라고 기도하곤 했었다. 그런 내가 암이라니 받아들일 수 없었다. 나의 소식을 듣고 위로해주기 위해 집으로 찾아온 교회 사람들에게 해서는 안 될 말들을 쏟아내기도 했다.

많은 생각을 하고 내 병을 받아들이고 이겨내는 연습을 하기 위해 나는 매일 현충원엘 갔다. 많은 죽음과 비문들을 보며 남겨진 사람들의 그리움도 알았다. 결국 그곳에서 깨달은 건 세상에 살아남는 것이 내 가족에게 해야 할 최소한의 의무라는 생각이 들었다. 딸아이는 "내가 더 잘 할게요"라는데 힘들고 지치고 괴로워하는 그 아이의 모습이 자꾸 겹쳐 지나간다. 막내아들은 아픈 몸으로 대학에 다니고 있을 때라 더더욱 안쓰러웠다. 늘 웃고 응석부리고 엄마를 의지하는 아이. 해맑은 눈에서 슬픔이 느껴지기도 했다. 하지만 남편을 보면 내 마음과는 달리 자꾸만 화가 났다. 모든 원인이 남편에게 있는 것 같아 미움이 점점 커지기도 했다. 남편이 준 스트레스 때문에 암에 걸렸다고 억지를 쓰기도 했다. 남편은 워낙 말수가 적은 편이라 말없이 듣기만 했다. 난 그냥 살고 싶었다.

그런 시간들을 보내며 내 안에 들어온 '암'이란 놈을 점점 기정사실로 받아들이고 있었다. 난 지금도 '정말 내가 암이었나?'란 생각을 한다. 하지만 이겨내려고 노력하고 웬만한 건 마음속에서 내려놓고 맘 편히 살려고 한다. 지금도 주어진 상황을 인정하고 헤쳐나가며 살려 한다. 그날 이후로 말이다. 이갑녀

히말라야에
가기 위해선

지옥의 전지훈련을
마스터해야 한다

등산 중 누군가 다리가 아파 걸음을 주춤거리면 속도를 맞춰주고 물
이 떨어지면 나누어 마시고 간식을 먹을 땐 각자 준비해온 것을 쪼
개 먹으며 이미 우리는 히말라야를 같이 오르고 있었다.

한참 뒤에 전해들은 얘기지만 내가 암 진단을 받은 후 오빠가 술을
먹고 참 많이도 울었다고 한다. 내가 퇴원한 뒤에도 오빠는 간병해
줄 상황이 아님에도 자신의 눈이 미치는 곳에 나를 두고 싶어하는
마음을 읽고 가족만이 줄 수 있는 따뜻함과 사랑을 느꼈다.

'산을 좀 탄다'는 사람들의 로망은 '히말라야'에 한 번 가보는 것이라고 한다. 우리도 늘 그랬다. 얼마나 힘든지, 무엇을 준비해야 하는지는 알 수 없었지만 산에서 나누는 이야기 중 대부분은 늘 히말라야였다. 등산복을 완벽히 갖추어 입으면 '히말라야에 가는 사람 같다', 힘든 산행 뒤에 지쳐 힘들어 있으면 '히말라야라도 다녀왔느냐'며 서로 웃으며 말하곤 했다.

　직장 때문에 평소 합창연습에 자주 참석하지 못했지만 "지윤 씨~ 우리 히말라야에 가기로 했어. 갈 수 있지?"란 얘기를 듣고 평생 한 번은 가고 싶은 곳이었기에 생각할 겨를도 없이 번쩍 손을 들었다. 정말 갈 수 있을지 가늠도 못한 채 일단 명단에 내 이름을 올렸다. 그건 내 인생, 가장 의미 있는 사건의 시작이 되었다.

　'한국유방암환우회합창단(이하 한유회 합창단)' 대표인 병림 언니의 지휘 아래 그날부터 하나씩 준비된 계획은 일사불란하게 이루어졌다. 여행 경험도 많았지만 대외적으로 한국유방건강재단, 환자 상담 등의 활동이 많았기에 우리는 언니의 최종 결정에 대부분 동의하고 따라

가기로 했다. 여행사에서 설명회를 하는 날 우리가 갈 장소를 안내받고 체력훈련을 위해 매주 도봉산에 가기로 했다.

등산 후 도봉산 근처, 우리나라에서 등산장비 상점이 가장 많이 모여 있는 매장을 훑는 것도 우리들이 정한 훈련 중 하나였다. 각자 인터넷을 뒤지고 여행기를 뒤져가며 정보도 모으는 한편 히말라야 등반은 며칠씩 걷는 일정이기에 태릉선수촌 선수들처럼 강원도로 1박, 2박씩 전지훈련도 갔다. 참, 팀워크와 장비적응훈련도 필요했다.

출국일은 다가오고 연습을 충분히 못 했다는 생각에 초조해지기 시작했다. 나의 부진으로 일행에 불편함을 끼칠까가 가장 걱정이었다. 중간에 낙오된다 해도 혼자 되돌아올 수도 없는 길이고 쓰러지더라도 그날의 목적지까지는 도달해야한다고 했다. 초조한 마음에 점심시간을 이용해 회사 근처 산에 오르기로 했다. 치마를 입은 날은 신발만 바꾸어 신고 올랐다. 작은 산이라도 300m는 되다 보니 제대로 복장을 갖춘 등산객의 의아한 눈빛을 받았다. '후후~ 니들이 알아? 내가 한 달 뒤에 히말라야에 갈사람 이란걸?' 이렇게라도 연습을 못 하는 날은 15층짜리 아파트 계단을 다리 힘을 기르는 훈련장 삼아 열심히 오르내렸다.

주중 다같이 모여 도봉산에 가는 날은 쇼핑을 하는 날이다. 우리는 쇼핑도 아줌마답게 좋은 것을 싸게 사는 것에 익숙하기 때문에 어디에 가면 뭐가 저렴하고 어디는 세일을 한다더라의 정보를 서로 교환하는 터라 하이에나처럼 각자 흩어져서 필요한 것들을 찾아다니기도 했다. 평소 늘 산에 다니던 나나 병림 언니, 갑녀 언니, 순영 씨는 새로 살 것들이 없었지만 명자 씨와 신영 씨, 결국 가지 못했지만 혜경 씨는 여행

우리들은 강원도 선자령의 강한 바람에서도 히말라야의 바람을 느꼈다.

비 이상으로 장비 구입비가 엄청날 수밖에 없었다.

1차, 2차 전지훈련지는 강원도 바우길로 정해져 1차 전지훈련 날
은 선자령을 넘는데 강한 비, 바람 때문에 몸을 가눌 수 없을 정도였
다. 가슴팍까지 오는 숲길과 장대같이 쏟아지는 빗속 흙길에 미끄러
지며 내려오면서 하는 말들은 비관적이었다. "이런 우리가 어떻게 히
말라야에 갈 수나 있을까?"란 푸념에 우리의 훈련을 한시적으로 담당
했던 바우길 탐사대장님의 한결 같은 말씀. "북한산 둘레길을 걸을 정
도면 누구든 히말라야에 갈 수 있어요." 그랬다. 다녀오고 나니 그 말
은 결코 틀린 말은 아니었다. 하지만 그런 길을 14일을 걷고 13박을 불

없는 곳에서 침낭 생활을 한다는 것까지는 계산에 넣지 못했다. 모르
니까 용감했고 쉽게 결심하고 출발할 수 있었던 것 같다. 하지만 그때
의 우리들은 호기 좋게 히말라야를 무사히 다녀오고 나면 다음에는
어디를 갈까 생각했다. 몽블랑? 킬리만자로? 탐사대장님의 말에 따르
면 우리는 히말라야에 또 가고 싶을 거라 했다. 그 곳의 하늘빛과 그
들의 눈빛이 그리워서 말이다. 너무 고생스러워 다시는 가지 않을 것
같아 우리 중 그 누구도 귀 기울여 듣지 않았다. 하지만 다녀온 뒤에
야 알 수 있었다. 그곳이 다시 그리워짐을. 실제로 탐사대장님은 히말
라야에 네 번을 갔고 우리가 다녀온 뒤 다섯 번째로 가셨단다. 요즘
애들 말로 '네팔앓이'?

2차 전지훈련 역시 2박 3일 일정으로 바우길을 걸었는데 도착하자마자 걷기 시작해 총 50km는 걸은 것 같다. 간식도 챙기고 배낭무게도 맞추고 스틱과 등산화까지, 히말라야에 가져갈 장비들로 훈련을 했다. 코스 중 강릉해변 길을 걷기도 했는데 모래 길이라 힘은 배로 들었지만 그마저도 즐겁고 무사히 마칠 수 있었다.

신체훈련 못지않게 팀워크도 중요했다. 2주 가까이 하루 24시간을 붙어있어야 하는 생존의 팀워크이기 때문이다. 나는 그동안 회원들과 많은 시간을 갖지 못했었는데 전지훈련을 통해 서로에 대해 잘 알게 되고 차츰 가족화 되어갔다. 남자들이 군대 다녀 온 얘기로 밤새 했던 얘기 또 하는 것처럼 우리는 각자 어떻게 암을 발견했고 치료과정은 어땠으며 자신의 경험이 제일 힘들었다며 얘기하곤 했다.

잠자리를 위한 준비물들도 개성에 맞게 다양했다. 훈련 준비만 해 온 나는 갈아입을 옷이 없어 원시차림이고 병림 언니는 여행 때마다 가져오는 낡은 면 파자마, 일본에서 오래 생활하신 단장님은 다다미방에 어울리는 복장이다. 광재 언니는 평소에도 패셔니스타지만 잠옷도 잠자리 날개 같은 옷 때문에 그날 이후 '주태후'라는 별명을 얻었다. 웃음천사 명자는 몸매관리에 얼마나 열심인지 잘 때도 보정속옷을 입어 우리들의 만류로 벗어야 했다.

낮에는 열심히 걷고, 저녁에는 각자의 무용담(투병담)으로 소곤거리다 옆방에서 잠든 사람들에게 몇 번의 핀잔을 듣고서야 겨우 잠들기도 했다. 내가 가장 힘들고 고독한 줄 알았는데 사람들과 모여 얘기를 나누다 보면 나도 모르게 그 사람을 더 배려하고 도와주고 싶은 마음이 생긴다. 내 피붙이인양 측은해 하고 잘 견뎌온 것이 기특하기까지

수영복 입고 다니는 강릉해변도 우리들에겐 즐거운 히말라야일 뿐이다.

하다. 누구는 무늬만 환자였다고 오히려 미안해 한다. 등산 중 누군가 다리가 아파 걸음을 주춤거리면 속도를 맞춰주고 물이 떨어지면 나누어 마시고 간식을 먹을 땐 각자 준비해온 것을 쪼개 먹으며 이미 우리는 히말라야를 같이 오르고 있었다.

훈련이 계속될수록 가고 싶다고 너도 나도 손을 들었던 20여 명이 하나 둘 줄어들어 11명으로 줄어 있었다. 앞으로 빠지는 사람에게는 예약금을 돌려주지 않겠다는 엄포도 있었다. 꼭 가고 싶어했지만 사정상 가지 못한 현숙 언니는 예약금을 정말로 받지 않겠다고 해서 오히려 돌려주느라 애를 먹었다. 우리들 중 두 번째로 나이가 많던 종숙 언니는 출발 전 건강검진에서 8cm가까운 혹이 보인다며 수술을 해야 하고 기압이 높은 고산엔 치명적이라는 주치의 만류에도 불구하고 남편의 응원을 받아 등반을 강행하기로 해 우리는 가슴을 쓸어내렸다. 종숙 언니는 히말라야의 기를 받아 종양의 크기를 확 줄이겠다며 "내가 안 간다고 종양이 없어질 것도 아니잖아."

이제야 말이지만 나는 등반준비를 하면서도 예약금을 기부한다하더라도 마지막에는 빠질 생각도 했었다. 처음부터 가장 의욕적이었던 혜경 씨는 아들의 결혼식을 앞두고도 강행할 계획이었는데 전지훈련 중 아들의 간곡한(?) 협박 전화를 받았다. "이번에 가지 못하면 평생 기회가 없을 수도 있는데 너 때문에 먼저 계획한 일을 접어야 하니?"라며 훌쩍였다. 결혼식은 내년 봄 예정이었는데 갑작스럽게 결혼식이 당겨져 히말라야 등반을 포기할 수밖에 없었다. 이렇게 되고나니 인원이 너무 줄어들어 나는 갈등할 수도 없었다. 최종적으로 총무까지 맡게 된 나는 팀을 구성하는 최소 인원에 포함되어야만 했다. 나중에 생각하니 그 9명이 딱 적정 인원이었다. 그래~가는 거야. 히말라야가 나를 원하고 있는 거야. 길지윤

예전부터 늘 동경해 오던 히말라야를 유방암을 같이 겪은 환우들과 함께 갈 수 있는 기회를 놓치고 싶지 않았다. 하지만 등산이라곤 가벼운 산행이 전부였기에 히말라야에 가기 위해서는 체력도 키워야 했

고 등산장비는 무엇을, 어떻게 준비해야 할지 막막하기만 했던 그때의 기억이 다시 떠오른다.

　일단 체력을 기르기 위해 매일매일 개인적으로 산행을 하자 스스로 다짐하고 매주 한 번씩은 언니들을 만나 산행도 하고 장비들도 사러 갔다. 일단 도봉산 근처에 등산장비 상점이 가장 많고 저렴하다고 해 기능성 등산 의류들과 각자 필요한 등산화, 아이젠, 랜턴 등을 구입했다. 등반 카페에서 히말라야에 대한 정보를 수집했는데 여러 날 동안 계속 등반해야 하는 사람들을 위한 등산화로는 발목까지 꼭 잡아줄 수 있는 중등산화를 신어야 발목에 무리가 가지 않는다고 한다. 며칠 전 발목을 삔 나는 등산용품점에서 권해주는 걸 군소리 없이 거금을 주고 구입했다. 기능성 속옷도 방한내의, 팬티, 브라, 양말, 속양말까지 여러 벌 구입했는데 그 비용도 만만치 않았다. 우리들이 매상을 꽤 올려줘서인지 싹싹한 주인언니는 우리 모두에게 기능성 셔츠 한 장씩을 서비스로 줘서 모두들 즐거워했더랬다.

히말라야에 오르면 4계절을 겪게 된다는 말을 듣고 등산복도 4계절용으로, 등산용 기능성 셔츠도 추가로 더 준비하고 방한용품도 구입하다 보니 비용이 만만치 않았다. 다행히 큰 배낭은 필요치 않고 침낭도 현지에서 빌려 쓸 수 있다고 했다. 배낭에 물, 보온용 옷, 간식거리, 과자 및 커피, 초콜릿, 에너지 바 등을 공동 구입해 채워 넣었다. 히말라야에서 힘이 떨어질 때 먹으면 순간적인 에너지를 준다는 '에너지 젤'은 힘들 때 많은 도움도 주었지만 카페인이 포함되어 있는 걸 모르고 먹고 먹다 몸이 피곤함에도 잠을 설쳤다는 언니들도 몇 명 있었다. 당시 나는 항암치료 중 당이 올라간 터라 꾸준히 당뇨관리를 하고 있어 인스턴트 식품과 과자류를 먹지 않고 있을 때였다. 그래도 히말라야에선 허기질 때, 힘들 때 스틱 바를 먹었다. 에너지 바만큼 고열량 식은 아니지만 허기질 때 먹기 편했다. 이것마저도 아주 배고플 때 외에는 먹지 않았다. 초콜릿 정도만 먹고 히말라야 현지 요리사인 쿡이 해주는 맛난 한식으로 양껏 배불리 먹었던 기억이 난다.

히말라야 고산지대에서 11일간 씻지 않고 양치 정도만 할 수 있다기에 세면도구는 적게 준비했고 야간산행이나 롯지내에서 사용할 랜턴용 건전지 정도만 챙겨 갔다. 지윤 언니가 롯지에서 머무는 날만큼 계산해 핫팩을 나눠줬는데 자기 전에 사용한 핫팩은 아침이 되어서도 그 열이 남아 다음날 아침 산행 때 다시 붙이고 오르기도 했다. 추운 잠자리에서 핫팩은 효자노릇을 톡톡히 했다. 하지만 정작 이번 히말라야 등반에서 가장 필요하고 좋았던 준비물은 나와 같이 등반한 언니들이 아니었을까 생각해 본다. 통신원

히말라야에 가기위한 준비가 착착 진행되었다. 등반을 위한 최소한의 인원도 정해졌고 계약금도 1인당 20만 원씩 내고나니, '아~진짜 가는 구나' 하는 마음이 생긴다. "이제 빠지는 사람 있으면 안 돼! 알지?" 협박 아닌 협박도 받았다. 혹여 건강 때문에 빠지는 일이 생겨서도 안 되었기에 조금만 피곤하다 싶으면 컨디션 조절에 신경 썼고 전지훈련도 게을리 하지 않았다. 우리들 9명은 한 명도 빠지면 안 되는 특수정예멤버이다. 무조건 같이 출발해야했기에 서로 자신의 몸처럼 챙기며

용기를 나눠가졌다.

이제 남은 건 법적절차다. 히말라야에 가기위해선 네팔 관광성으로부터 허가서를 받기위한 서류들을 보내야 한다. 여권을 만들고, 여행사를 정하고, 영문이름, 여권사본, 사진을 보냈다. 드디어 2011년 10월 22일부터 11월 4일, 총 13박14일 동안의 출국 일정이 확정되었다. 네팔 관광성에서 우리에게 출입허가신청서를 보내주었고 우리는 랑탕국립공원 입장료를 송금했다. 그리고 마침내 '허가증'이 도착했다. 이 '허가증'은 히말라야 등반을 시작할 수 있는 결정적인 서류다. 한국에서 우리가 '가겠다!' 통보했고 네팔에선 '와도 좋다!' 허가한 것이다. 아하! 산행을 하는데도 이런 절차가 필요하구나. 설악산에 등반할 때처럼 네팔에 가서도 히말라야 입구에서 입장료 내고 들어가는 게 아닌가 했는데 서류가 오고간다는 것도 그때 알았다. '아, 이젠 빼도 박도 못한다. 무조건 가야한다. 히말라야~기다려, 우리가 간다!'

우리를 인도해 줄 한왕용 대장님에게 히말라야 등반에 대한 사전교육도 받았다. 등반하는 사람으로서의 기본상식과 히말라야에 대한 공부도 했고 기본적인 준비목록과 함께 단체구입 물품들을 지급 받았다. 허걱! 짐이 점점 많아지네. 그러나 '멀리가려면 함께 가라'는 말이 있다. 유방암이라는 같은 아픔을 경험했고 건강에 자신이 없다는 공통의 약점을 지녔고 가보지 않은 미지의 땅에 대한 두려움도 있었지만 어느새 우리에게는 기대감과 환우들의 희망의 메신저이기에 반드시 해내고야 말겠다는 열정으로 똘똘 뭉쳐 있었다. 떠나기 전 서류를 작성하는 일이 더 남았다. 직장에 다니는 사람은 휴가계에 사인을 하는 등 삶의 궤도를 벗어나 네팔로 날아가 히말라야에 갔다오겠노라고 부모형

박경희 단장님과 종숙 언니와
네팔 입국심사를 기다리며

제와 직장, 친구들에게 신고를 했다. 마치, 유방암 수술을 위해 병원으로 떠나기 전 주변사람들에게 전화해 신고하듯 말이다.

모든 준비를 마치고 우리는 드디어 인천공항에 모였다. 여권과 비행기 티켓을 들고 심사대 앞으로 전진, 출국신고서도 쓰고 사인을 해서 제출했다. '아, 이렇게 떠나는구나!!' 네팔 카트만두에 도착해서는 네팔 입국신고서를 써야하는데 우리들 사이에 수군거림이 생긴다. "여기 뭐라고 써야 돼?" "쓴 것 좀 줘봐! 따라서 쓰게." 자주 써보지 않아 익숙치않기에 우리는 신고서도 대신 써주었다. 그리고 정성스럽게 사인한 입국신고서를 들고 심사대 앞에 섰다. 그동안 히말라야 도전을 위해 바쁜 일상을 잠시 놓고 이리뛰고 저리뛰며 준비해 여기까지 날아온 일들이 머릿속에서 필름처럼 빠르게 스쳤다. 앞으로 펼쳐질 영화 같은 히말라야 장면들이 기대되며 설레는 마음에 가슴이 쿵쿵 뛰었다.

등반 수속을 위한 순간은 한 번 더 있었는데 등반 시작지점인 샤부르베시에서 허가 받은 사람들이 맞는지 출입허가서를 보고 확인을 했다. 군인들이 버스위에 올라가 우리 짐을 풀어도 보며 검사를 했다. 계약서, 허가서, 출국신고서, 입국신고서들에 사인사인. 우리들의 한걸음 한걸음에는 사인이 들어갔다.

병원에서 수술이 결정되고 수술동의서에 사인하고 담당의로부터 수술절차를 설명 듣던 때가 생각났다. 수술을 받고 병실에서 내과로, 외과로, 산부인과로 다닐 때마다 환자 서류들을 들고 순서를 기다리던 암울했던 때가 생각났다. 그랬던 내가 지금 히말라야 길 위에 서있다. 대견했다.

등반을 완주하고 돌아와 우리의 여행기를 책으로 내기 위해 출판계약서에 사인도 해야 한다네? 작가가 되는데도 사인을 하는 거구나, 하하하!!~ 그렇게 출판계약서에 사인도 했다. 그렇게 우리는 먼 길을 함께 걸어와 우리들의 이야기를 지금 글로 풀어내고 있다. 책이 나오면 우리인생 다하는 그날까지 사인사인하며 우리들의 행보는 계속 될 것이다. 김명자

유방암은 결국
나혼자 이겨내야 하는 거구나!

유방암 3기 확정 진단을 받고 수술을 위해 입원날짜 통보를 기다리고 있는데 때마침 멀리 독일서 친구가 찾아왔다. 동창들은 그 친구 환영식을 겸해 1박 2일 일정으로 월악산에 오르잔다. 친구들에게 "나 유방암이래" 이 말을 차마 하지 못한 채 따라나섰다. 무슨 정신으로 밥을 먹었는지 버스를 탔는지……. 친구들과 다른 세상에 살고 있는 양 그저 이리저리 끌려다녔다. 다음날 아침 친구들은 월악산에 오르자고 하는데 며칠 전 조직 검사를 위해 가슴 이곳저곳을 대침으로 찔린 곳도 너무 아팠고 혹시 격하게 움직이면 내 몸 안의 암세포도 같이 운동을 하면서 더 커질지도 모른다는 무지에서 오는 두려움도 있었다. 무엇보다 이 세상에서 나만 버림받은 것 같은 암담한 기분에 도저히 산에 오를 수 없었다. 친구들은 '아니 어떻게 네가 등산을 포기할 수가 있냐'고 야단법석들이다. 언제나 맨 앞에 서서 여행과 등산을 이끌어 왔었는데 무슨 일이 있냐고, 이상한 일이라고 말들을 한다.

"그냥! 몸이 안 좋아서 가고 싶지 않다니까."

내 표정이 심상치 않다고 느꼈는지 다들 더 이상 말없이 나를 두고 나가버린다. 20대에 등산을 시작한 이래로 유일하게 포기한 산, 월악산. 그 기억때문인지 월악산으로는 아직 발길이 가지 않고 있다.

그렇게 친구들과의 여행에서 돌아온 뒤, 드디어 입원날짜가 정해졌다는 통보를 받았다. 입원하기 전날, 해가 지기 시작할 때 집근처 교회를 찾았다. 교회 예배당 문은 잠겨있었는데 마침 근처에 계시던 교인분이 내 얼굴을 보더니 그저 말없이 얼른 문을 열어준다. 기독교인은 아니지만 인간이 아닌 '신'께 내가 왜 유방암에 걸렸는지 묻고 싶었고 잘 치료받아 나을 수 있게 해달라고 기도하고 싶었다. 불도 안 켜진 컴컴한 예배당에 홀로 몇 시간인가를 앉아 있었지만 기대하던 '신'으로부터는 아무런 대답도 듣지 못하고 나 자신만 자책하다 돌아나왔다.

그동안 여행이나 등산 등으로 먼 길을 떠날 때마다 사전에 세밀하게 계획을 세우고 또 세우고 떠나도 현지사정에 의해 여러 번 코스를 변경해야 했듯이, 이번에 내가 겪을 유방암 치료 여행도 마찬가지리라. 더구나 갑자기 아무런 준비 없이 맞이한 암 치료에 있어서는 오죽하랴. 앞으로 치료하면서 전개되는 가지가지 사정에 의해 수많은 시행착오도 겪게 될 것이고 내 인생의 항로도 변경해야만 될 것이라는 예감이 들었다. 이병림

혈혈단신으로 월남하신 아버지는 말단 철도청 공무원으로 우리 2남 4녀를 키우셨다. 어머니가 돌아가신 뒤 아버지의 재혼으로 26살부

터 독립하면서 가장 아닌 가장이 되었다. 나는 외국계 회사에서 일하고 있었는데 대졸자들에게 지고 싶지 않은 욕심에 앞만 보고 달려 오다보니 어느새 마흔 살을 눈앞에 두고 생활에도 어느 정도 만족할 즈음 정작 내 건강에는 소홀했다는 생각에 큰맘 먹고 건강검진을 받았다. 특히나 친척 중에 암 환자분이 계셨던 터라 늘 신경이 쓰였었다. 유방암 검사에서 석회질 같은 것이 보인다길래 검사를 받았는데, 세상에! 결과는 암이었다. '암'이라는 용어에 '예사 일이 아닐 수도 있겠다'는 생각이 머릿속을 떠나지 않았다. 그 날 이후, 입원 준비를 위해 배낭을 싸 놓고 출, 퇴근을 했다. 세면도구, 속옷, 책, 사랑하는 조카사진, 퇴원할 때 입을 벗기 편한 헐렁한 옷, 업무상 필요한 서류철 등. 서랍정리도 말끔히 해 놓았다. 아무리 별거 아니라고 해도 막상 입원을 하려니 마음의 다짐을 해야 할 것 같은 생각이 들었다.

어찌어찌해서 혼자 입원실에 들어오기는 했어도 몸도 전혀 아프지 않아 실감이 나지 않는다. 2인실 병실의 옆자리 언니는 대장암 수술을 받았는데 수술 후 방귀가 나오지 않아 초조해하고 있는 상태였다. 문병 오는 사람들마다 언니에게 방귀 나왔냐고 묻는 말이 생소했다. 짐을 풀고 환자복을 입고 보니 이제야 정말 환자인가 싶고 환자여야 될 것 같은 생각이 들었다. 생각할 시간도 갖게 됐다. 그때까지도 유방암 수술을 쉽게 생각하고 있었던 것 같다. 내가 담담한 건 의사선생님의 침착한 배려 덕일 뿐이지 결코 내가 씩씩해서가 아니었다. 그리고 나 혼자 해결하지 않으면 달리 방법이 없었으니까.

여기까지 생각이 미치자 오히려 차분해지고 안정되고 휴식을 가지고 싶었다. 입원실에서 나와 대학로를 거닐었다. 야외 카페에는 활기찬 젊은이들이 파안대소하며 밝은 표정들이었다. 혼자라 쑥스러웠지만 나도 편안하게 내 시간을 즐겼다. 왠지 다시는 자유롭게 못 먹을 것 같아 치킨에 맥주도 한잔 했다.

다음 날 의사선생님이 보호자 오시라고 한다. "내가 내 보호자예요, 남편은 없어요, 부모님은 연로하셔서 걱정하실까봐 얘기 안 했어요. 형제는 지방에 있고요." 주변에 걱정 끼치게 하는 것도 싫은 생각도 있었다. 이렇게 큰 수술을 하는지도 몰라 아무에게도 연락을 안 했었다. 나약해 보이기도 싫은 생각도 있었다. 그리고 유방 쪽이라는 말을 하기는 더욱 싫었다. 그래서 난 내 자신의 보호자가 되어 수술확인서에 사인하고 앞으로 내게 일어날 수 있는 일들에 대한 설명을 들었다. "전절제를 할 수 있으며 항암치료를 할 수 있으며……." 별거 아니라고, 부분만 떼어내면 된다고 했는데 이 사람은 지금 무슨 얘기를 하고 있는 거야? 진료차트가 내것이 맞는지 슬쩍 넘겨다보니 내 이름이 선명히 쓰여 있다. 머릿속이 하얘진다. 언니한테 지금이라도 얘기할까? 친구라도 부를까? 하지만 이미 시계는 새벽 1시를 지나고 있었다.

수술 당일, 오지 말아야 할 날이 온 것이다. 눈물이 봇물처럼 흘러 아예 크게 울어버렸다. 흐르는 눈물 속에 무서움과 외로움을 다 같이 떠내려 보내고 싶었는지도 모르겠다. 옆 침대 언니는 물 한 잔 내 손에 쥐어주고는 진정될 때까지 자리를 비켜주었다.

"김지윤 씨~." 수술실에 누워있는데 파랑 가운을 입은 의사선생님이 다가오며 내 이름을 부른다. 노동영 박사님이신 것 같다. "긴장하지 마세요." 잔뜩 긴장해서 옷을 움켜잡고 있던 내게 부드럽게 말씀을 건

네신다. "예쁘게 해 주세요"란 내말에 "예쁘게 해 주면 내게 무엇을 줄 건데요?" 박사님이 물으신다.

"박사님은 제 가슴을 가져가시잖아요."

지금 생각하니 참 철없고 어이없는 대답이다. 병들고 쓸모없는 가슴을 가져가 뭘 하실 거라고. 물론 내게는 목숨처럼 소중하지만. 차~암, 그러고 보니 잊은 게 있네. 수술하기 전 가슴사진 한 장 찍어놓을 걸. 뼈다귀만 나오는 x-ray 사진 말고 탐스런 나의 D컵 예쁜 가슴사진을……. 김지윤

오랜 시간을 독신으로 살아 독립적으로, 나름 만족하며 잘 살아왔다 생각했다. 그런데 어느 해 가을, 가슴에 작은 혹이 만져졌는데 동네병원에선 괜찮다길래 안심했었다. 다음해 봄, 친한 언니가 유방암 투병중이었는데 다시 한 번 검사를 받아보라 권했다. 혹시나 해서 조직 검사를 받았는데 결과는 예상치 못했던 암이었다. 병원에서는 수술 날짜를 잡자고 하는데 너무 갑자기, 마음의 준비도 없이 닥친 일이라 겁이 나 그대로 도망쳐 나왔다. 마음을 추스르고 오빠에게 먼저 알렸다. 아버지는 내가 4살, 어머니는 21살 때 돌아가셨기 때문에 내겐 오빠가 부모요, 보호자라 생각하며 살아왔다. 그런 오빠에게 또 걱정을 끼치는 것 같아 내 맘도 좋지 않았다. 하지만 담담하게 말할 수 있었던 이유는 울고불고 한다 해도 걱정만 더해줄 것이란 생각이

들어 내가 강해져야겠다 다짐했기 때문이다. 다음날 혼자 병원을 찾아 수술 날짜를 잡고 회사에 사직서를 냈다. 내가 하던 일은 보험 영업이었는데 10여 년을 일하는 동안 영업에 소질도 없던 내가 스트레스를 받으며 생활한 것이 결국 큰 병을 키운 건 아닐까 생각했기에 조금의 망설임 없이 사표를 냈다.

이상하게 정작 내가 암을 겪게 되니 죽음과 아무런 상관없단 생각이 드는 것은 왜일까? 쉽게 나을 수 있고 의사선생님을 믿고 치료를 받는다면 완치될 수 있다는 확신이 든 건 스스로에게 얼마나 위로가 되던지. 이런저런 복잡한 심정을 뒤로 하고 입원 준비물들을 몇 가지 챙겼다. 편하게 슬리퍼에 가방을 메고 집을 나서니 마치 여행가는 듯 들뜬 기분? 아마도 무섭고 두렵고 불안함을 감추기 위한 이중적인 복잡한 심리상태였을 것이다.

그렇게 난 홀로 집을 나섰다. 혼자 짐 챙겨 혼자 입원 수속하고 정신없이 여러 검사들을 받았다. 그때까지만 해도 혼자서 충분히 다 할 수 있다 생각했다. 그런데 문제는 수술 전 '수술동의서' 사인을 위해 보호자가 와야 한다는 데서 생기고 말았다. 오빠는 일이 끝나는 시흥에서 내가 입원한 병원인 혜화동으로 오셨는데 모든 것이 낯설고 두려워하는 내게 "새벽에 일 나가려면 빨리 사인하고 가야 하는데 의사는 언제 오냐"며 짜증을 냈다. 동생이라곤 세상천지 나 하나 밖에 없는데, 평생 동생의 암 수술 동의서에 사인을 몇 번이나 한다고 화내고 짜증을 내는지, 그래도 되는 거냐고요.

의사선생님은 늦게 오실 것 같다는데 오빠는 계속 화를 내고 우리 주변 분위기는 싸해지고 한편으로는 서운하고 화가 나 가라고 해버렸다. 대신 아는 지인에게 부탁드렸는데 가족이 아니면 안 된다고 한다. 할 수 없이 의사선생님에게 사실대로 말씀드렸다. 나는 미혼이지만 화교이기 때문에 한국 호적과는 달리 개별 호적을 가진다고 말씀드렸더니 수술 당사자가 직접 수술동의서에 사인해도 된단다.

의사들은 최악의 경우를 생각해 얘기하는 것 같다. 수술동의서 대목 중 '재수술을 할 수 있는 확률 몇%, 수술한 쪽 등날개뼈 신경을 건드릴 경우에 후유증으로 어깨를 못 쓸 수도 있다'는 말이 특히 무서웠다. 내가 사인을 하지 않았다면 이 무서운 얘기는 못 들었을 텐데, 나도 가족이 있는데 내가 내 수술동의서에 사인을 해야 하나? 가족이라면 그 정도는 해줄 수 있는 거 아닌가? 그때는 서운하다고만 생각했지 오빠도 갑작스런 소식에 정신 없었겠다 생각하니 이해할 수 있을 것 같다. 하지만 그 당시 가족에게서 받은 배신감과 서운함은 말할 수 없이 큰 상처가 되었답니다.

한참 뒤에 전해들은 얘기지만 내가 암 진단을 받은 후 오빠가 술을 먹고 참 많이도 울었다고 한다. 내가 퇴원한 뒤에도 오빠는 간병해 줄 상황이 아님에도 자신의 눈이 미치는 곳에 나를 두고 싶어하는 마음을 읽고 가족만이 줄 수 있는 따뜻함과 사랑을 느꼈다. 결국 오빠의 행동은 두려움 뒤에 감춰진 또 다른 표현 방식이라는 걸 알았고 그때 받은 상처도 스스로 치유해 다 아물었다. 가족이라는 테두리로 내 곁을 지켜주는 이들이 있기에 그것만으로도 지금은 너무나 감사할 따름이다. 나는 가족의 소중함 이외에 수술을 통해 많은 것을 깨달았다. 그래, 어떠한 상황이 와도 결국에는 내가 스스로 이겨내고 책임져야 하는구나. 특히나 암이나 마음의 아픔은 누구도 대신 할 수 없고 아파보지 않은 사람은 아픈 사람의 고통을 모르겠구나. 솔로의 아픔이 이런 거구나. 다시 한 번 절실히 깨달았다. 동신영

주부가
한솥 가득 곰국을 끓이면

가족들은 긴장한다

집을 비울 때 나처럼 국과 반찬들을 마련해 놓고 떠나는 이유는 가
족들을 위한 배려이기도 하지만 오랫동안 떠나는 이의 마음이 더 편
해지기 위한 방편이기도 하다는 생각이 들기도 했다.

막상 나를 위해 준비할 것들은 별로 없었다. 그때 인간은 철저하게
혼자임을, 수술대 위에도 나 혼자 올라가는 것임을 깨달았다. 그렇게
난 이 세상을 하직하듯 떠날 준비를 마쳤다.

설레는 마음으로 미지의 세계를 떠나야 하는 시간이 차츰차츰 다가오고 있었다. 히말라야로 여행을 떠나기 15일 전부터 거실 모퉁이에는 커다란 캐리어 여행가방이 펼쳐져 놓여있고 매일매일 필요한 품목들을 체크해 가면서 하나씩 하나씩 준비에 들어갔다. 산행에 꼭 필요한 4계절 등산복, 스틱, 물통, 세면도구 등과 산행 도중 지치고 힘들 때 필요한 간식으로 에너지 젤, 에너지 바, 초콜릿, 사탕 등등. 신혼여행을 떠나는 새 신부처럼 설레는 마음으로 짐을 챙겼다. 이렇게 혼자 10일 이상 긴 여행을 떠나는 건 처음이라 꼼꼼히 챙겼음에도 불구하고 은근히 걱정이 되기 시작했다. 아침에 출근하는 남편과 아이들이 늘 스스로 옷가지나 물건들을 찾지 못해 나에게 묻곤 했기 때문이다. 항상 "여보 와이셔츠 어디 있어?"라기 일쑤고 아이들도 엄마의 도움이 있어야만 여러 가지 옷가지나 물건들을 찾아내곤 했다. 자기 물건들을 눈앞에 두고도 잘 찾지 못하는 남편과 아이들을 놓고 여행을 떠난다는 생각을 하니 '내가 낯선 히말라야에 잘 오를 수 있을까?'라는 걱정보다 그들이 아침에 출근과 등교나 잘 할 수 있을지가 더 걱정되었다.

흔히 주부들이 긴 여행을 떠나기 전에는 곰국을 많이 끓여놓고 떠난다고들 한다. 나도 결혼 전 친정 엄마가 어디 장시간 집을 비울 때에는 곰국을 많이 끓여놓으시고 떠나셨던 생각이 난다. 내 경우에는 장기간 여행을 가거나 집을 비울 경우 육개장과 소고기를 넣은 미역국을 많이 끓이곤 한다. 그리곤 하루 먹을 분량만큼을 팩에 넣어 냉동실에 차곡차곡 준비하고 마른반찬으로는 멸치볶음, 우엉조림, 메추리알 넣고 소고기 장조림을 만들어 냉장고를 채웠다. 하지만 이렇게 육개장과 반찬 등을 준비해 냉장고에 넣어놓아도 식구들은 잘 찾아먹지 않고 라면이라든가 배달시켜 먹는다든가 사먹는 경우가 많아 항상 잔소리를 하게 된다. 밖에서 사먹는 음식은 조미료를 많이 넣으니 되도록 집에서 식사를 하라고 말이다. 이번에도 내가 돌아올 때까지 정성들여 준비한 국과 반찬들을 잘 먹도록 신신 당부를 하기도 했다.

이렇게 긴 일정을 집을 비운다는 생각을 하니 여러 가지 걱정들이 산더미처럼 밀려왔다. 음식물 찌꺼기를 비우지 않으면 냄새가 나기 때문에 분리수거하는 요령과 아침에 우유와 신문 꺼내오는 것 등 집안 살림에 대해서도 하나하나 설명해 주었다. 남편은 나의 이런 잔소리들이 몇날 며칠 이어지자 더 이상 듣기도 싫은지 잘 챙겨 먹을 테니 그만 잔소리하고 잘 다녀오라고 한다. 내가 지금 먼 길 떠나기 전 집안 식구들에게 당부하고 잔소리했던 것들이 30여 년 전 우리 친정 엄마가 며칠 동안 집을 비우실 때 늘 나에게 했던 잔소리들과 어찌도 그리 비슷한지. 이 마음이 엄마의 심정이었을까? 나는 남편에게 잔소리를 하다말고 피식 웃음이 난다. 나도 그때는 엄마에게 내가 아기냐고 따진 적이 있었는데 우리 아이들은 나를 안 닮아서인지 걱정하지 말고 잘 다녀오시라고 말한다. 지금 생각해보니 이제야 부모의 심정을 조금이나마 이해할 수 있을 것 같다. 이것이 사랑하는 가족을 위한 것이었음을 다시 한번 생각하는 계기가 되기도 했다.

가정주부로 집안 살림을 도맡아 하다 먼 길을 떠날 때는 누구나 곰국 내지는 육개장과 반찬들을 잔뜩 만들어 놓고 떠나는 것이 우리 주부들의 책임이면서도 의무인 것 같은 생각이 든다. 집을 비울 때 나처럼 국과 반찬들을 마련해 놓고 떠나는 이유는 가족들을 위한 배려이기도 하지만 오랫동안 떠나는 이의 마음이 더 편해지기 위한 방편이기도 하다는 생각이 들기도 했다. 결론적으로 먼 길 떠나기 전에는 반드시 곰국이나 육개장이 최고라는 생각이 든다. 이순영

"엄마, 히말라야 간다." 자랑스럽게 이야기하자 우리 엄마 첫 말씀.

"미쳤다, 거가 어딘데 아무나 간다 카드노."

"누가 아무나 간데, 나처럼 유방암과 싸워서 이긴 사람만 간다."

"다 나아 놓으니까 죽을라고 용쓴다, 도대체 니가 거 뭐하로 가노?"

"엄마, 히말라야가 세계에서 제일 높은 산이다, 그건 알제? 내가 유방암 수술한 지 이제 20년이 됐고 나이도 60이 넘었고 이제부터 어떻게 살면 잘 사는 건지 제일 높고 하늘과 가장 가까운 곳에 가서 엄마니가 제일 사랑하시는 하느님께 물어 볼라고, 토크 할라꼬 토크, 토크가 뭔지는 아나?" 농담반 진담반 엄마와 나눈 이야기. "아이구, 세월이

벌써 20년이 됐나, 암이란 소리 듣고 혼이 빠진지가 엊그제 같은데"로 시작하는 넋두리가 시작된다.

나는 암 통보를 받은 후 엄마에게는 물론 누구에게도 알리지 않았다. 뭐라고 말을 하겠는가. 하지만 엄마는 이미 애들에게 들어 알고 계셨다. 뭐가 뭔지도 모르고 눈앞이 캄캄해 그저 하느님께 살려달라고, 딸의 어린 삼남매가 눈에 밟히고 '우짜꼬 우짜꼬'라는 말밖에 할 수 없었다는 우리 엄마. 아마도 우리 엄마 매일 같이 새벽기도 다니시면서 하느님께 살려달라고 나보다도 더 매달리셨을 거다. 하지만 언제나 내 걱정뿐인 엄마에게 내가 무슨 말을 하겠는가?

우리 엄마는 20살 꽃다운 나이에 시집와 21살에 나를 낳고 6·25가 일어난 21살 때 혼자되어 딸 하나 키우며 살았는데 그런 내가 덜컥 암에 걸리자 "하느님, 애비 얼굴도 모르고 큰 내 딸, 불쌍히 여겨 목숨만 살려 달라"고 교회에서 대성통곡했다는 우리 엄마다. 괜히 나는 한소리를 해본다. "내가 죽었으면 오갈 데가 없어지니까 나를 위해서가 아니고 엄마 니 때문에 기도 한 거네." 나와 엄마의 대화는 이렇게 항상 몇 도인가 삐딱선을 탄다. 무남독녀에게, 엄마의 모든 게 다 딸에게로 쏟아진다고 생각해보소. 오만가지 잔소리를 사랑이라 생각하면 좋기만 한가요? 가끔은 지겹기도 하지요. 하루에도 열두 번 이상 투닥거리면서 살고 있다. 엄마의 사랑이 무거워서, 뭐든지 나를 위해서가 부담스럽다고 할까? 내 친구들은 이런 날보고 "호강에 겨워서 요강에 똥 싼다"고 한다.

한 발짝 물러서서 생각하면 엄마 인생이 같은 여자로서도 너무 가슴 아프기도 하다. 우리 막내딸이 대학 입학했을 때 어느 날 문득, '아!

우리 엄마가 저 나이에 딸 하나 데리고 혼자가 되었구나. 얼마나 황당하고 얼마나 고생하면서 살았을까?' 내 딸이라 상상해보니 마음이 짠한 적이 있었답니다. 지금처럼 떨어져 있으면 너무 안쓰럽고 가슴 아프고 혼자 눈시울을 적시기도 한다. 헌데, 얼굴을 딱 보는 순간부터는 둘이 언쟁을 시작한다. "니 내 죽으면 싸울 사람 없어 심심해서 우짤래." "걱정하지 마라, 엄마하고 나하고는 1대1인데 나는 딸이 둘이니 1대 2다, 되로 주고 말로 받는다." 62년 동안 같이 살아온 우리 엄마와 나만이 나눌 수 있는 대화. 정말 우리 엄마 말대로 엄마 돌아가시고 안 계시면 누구랑 이런 대화를 할 수 있을까요?

히말라야도 그랬다. "거기는 건강한 남자들만 가는 곳이지 나이 들고 무릎도 아프다 카면서 지정신이 아니다, 미쳤다"고 야단이시다. 그러나 내게도 특효약이 있다. "걱정마라 노동영 박사님도 가시는데 내보고 까딱없다 하셨다." 우리 엄마 박사님이라면 또 꼼짝 못하신다. 죽는 줄 알았던 딸을 살려 주신 분이라고 말이다. 우리 엄만 아무런 상관도 없으면서 본인의 유일한 빽이 박사님이란다. 수술 후 10년이 지났을 때 박사님께 보신탕을 대접한 적이 있다. 예전 시골집이 변소도 푸세 식이고 아주 허름했는데 누추한 집에 찾아오셨다고 감격하셨죠. 그래서 우리 엄마도, 저도, 박사님을 엄청 존경하지요.

엄마는 혼자 오래 사셔서 모든 걸 본인이 해야만 하는 성격이다. 내가 못 미더워 부엌일, 세탁, 모두 다 해 주신다. 엄마가 나에게 주는 무조건 사랑이 싫어서, 내가 너무 자립심이 없어서 애들에게는 자립갱생을 외친다. 그러다 보니 중간에서 나만 편한 것 같다. 나는 지금도 "엄마, 물" 하면 엄마가 물을 떠준다. 애들이 나보고 "엄마, 물" 하면 직접 갖다 마시라 한다. 나는 암 환자니 쉬어야 된다고 말하니 '나이롱 암 환자'란다. 20년 세월이 지나니 왕비마마에서 나이롱마마로 변해버렸다.

유방암 수술 후 모든 환자들은 집에서 왕비마마가 된다. 남편부터 아이들까지 절절맨다. 엄마가 우째 될까봐 말이다. 살아서 싱싱한데 조금이라도 피곤하다면 눈들이 똥그래지며 괜찮으냐고들 난리다. 하지만 그것도 수술 후 얼마 되지 않을 때까지다. 남편은 가끔 "20년 전 박사님들이 오진해서 유방암도 아닌데 잘라낸 거 아냐?" 한다. 그정도로 나는 수술 전이나 수술 후나 정말이지 건강(?) 하다. 좌우지간에 내가 히말라야 가는 것에 대해 우리 엄마는 남편과 아이들과 달리 시종일관 "미쳤다, 미쳤다"는 말만 하셨다. "살려놓으니까, 살려놓으니까."

히말라야에 있을 동안 연락이 안 되었는데 우리 엄만 누구한테 물어볼 수도 없으니 일본에 있는 막내딸한테 전화해서 "느그 엄마, 연락 왔드나?" "다리는 안 아프다 카드나?" 우리 막내가 할머니 달래느라 애먹었다는 소리를 들었답니다. 사실 막내도 소식을 모르는 건 마찬가지였거든요.

"맨 정신으로 우째 갔다 왔노, 안 죽고 살아왔네" 퉁명스럽게 말씀은 하시지만 대견해 하시는 것 같다. 내가 히말라야에 간다고 했을 땐 '미덥지 못해 지정신 아니라'고, 다녀온 후엔 '자랑스런 정신 빠진 년'이 됐다. 이래저래 난 우리 엄마에게는 제정신이 아닌 여자로, 히말라야 등반을 무사히 마쳤다. 그래, 나는 히말라야에 반쯤 미쳐있었으니깐 어쩌면 그곳에서 걸을 땐 아마도 제정신이 아니었을지도 몰라. 박경희

가족들 먼저 챙기느라
내 입원준비는 하지도 못했네 그랴

수술날짜가 잡혔다. 하고 있던 일, 해야 할 일들과 내 것이라 여기며 잡고 있던 모든 것도 다 놓고 떠나야 한다. 우선, 하고 있던 일을 놓아야 했다. 학생들에게 선생님이라고 불릴 때 가장 순수해지고 기쁨과 보람을 느끼던 일을 내려놓아야 했다. 인생이라는 학교에 학생이란 걸 깨닫지 못하고 왜 그리 집착했던가.

부모님은 가난과, 기지배라는 이유로 진학도, 꿈도 펼치지 못하셨다. 살림밑천이라는 맏딸로 태어나 동생이 4명이나 있지만 그분들의 못 이룬 꿈과 바람덕분에 나는 선생님이 될 수 있었다. 딸이 선생님 소리 듣는 것을 그렇게나 좋아하셨는데, 나는 그 '선생님'을 '유방암' 때문에 내려놓았다.

사랑하는 사람들도 놓아야 했다. 나를 사랑한다는 남자도 만나 '세상을 다 얻은 것 같다'는 고백에 결혼을 했다. 부모형제에게서 한걸음 물러나 내 가정위주로 남편과 아들, 시댁을 소중히 여겼다. 내게 주신 모든 것을 감사하며 정말 열심히 살아왔다. 보고 싶은 사람들에게도 전화를 했다. '암이라는 얘긴 안 할 거야. 부담주기 싫어. 아무 일도 없는 듯 안부인사하는 거야.' 그들에게 감사의 마음을 전했고 아프게 했던 사람들도 마음속으로 용서했다. 그렇구나, 모두에게 인사도 못하고 갈 수 있겠구나. 눈물이 났다. 결혼, 소중한 삶이다. 다만 하고 싶은 것들을 결혼과 맞바꾸고 '나'를 잃어버린 세월을 돌아보니 아쉬운 마음이 들었다.

마지막에는 나 자신도 놓아야 했다. 주변정리를 하기 시작했다. 중요서류들과 통장들을 꺼내 남편에게 인수인계를 해줬다. 보험증권도 "나 죽으면 타먹으라"고 넘겨주었다. 혹시라도 아플 때를 대비해 남편과 아들에게 보험도 더 가입해 주었다. 추억을 남겨주기 위해 영화도 보고 맛있는 거 먹으러 다녔다. 살림살이들도 내가 죽은 다음에 누군가가 버려야 한다면 내 손으로 버리는 것이 깔끔할 것 같았다. 몸도 마음도 바쁜 시간들, 참으로 분주한 날들이었다. 정리되면 되는대로 안 되면 안 되는 채로 하나씩 하나씩 다 내려놓았다.

하지만 어린 아들은 마지막까지도 놓을 수 없었다. 초등학교 3학년 짜리 아들에게 생활을 가르치고 인생을 가르치기 시작했다. 천방지축 사내아이 손을 이끌고 시장엘 갔다. 유통기한 보는 법, 장보는 법, 돈 사용 요령도 가르쳤다. 압력밥솥, 세탁기, 가스 사용법, 찌개 끓이는 법과 좋은 것을 골라 먹으라고 부탁했다. '공부해라'가 아닌 '밥 먹고 살아가는 생활의 기본'을 가르쳤고 남에게 피해 안 주고 어울리며 살아가는 법을 가르쳤다. 가까운 사람들의 연락처를 벽에 붙여주기도 했다. 아들이 이해를 하든지 못하든지 오늘이 마지막인 것처럼 날마다 유언을 했다. 길잡이가 돼주는 '별'이 되어 아들의 가슴속에 살아있길 기도하며 하루를 백년처럼 보냈다. 비장하게 떠남을 준비하는 며칠이 참 빠르게도 흘러갔다. 준비해 놓고 가야할 것들이 더 많은데, 미처 다하지 못했다.

막상 나를 위해 준비할 것들은 별로 없었다. 옷 다 벗고 수술대 위에 오르는데 무엇이 필요할까? 다만, 아프고 고통스러울 때 어떻게 견뎌야 할까는 걱정됐다. 그래서 성경통독 테이프를 안고 가기로 했다. 하느님의 말씀을 들으며 견디고 이겨내야겠다고 마음먹었다. 그때 인간은 철저하게 혼자임을, 수술대 위에도 나 혼자 올라가는 것임을 깨달았다. 그렇게 난 이 세상을 하직하듯 떠날 준비를 마쳤다.

병원으로 떠나기 전날 밤, 내 가슴을 두고 '내꺼! 내꺼!' 하며 따라다니던 시어머니 아들과 내 아들, 두 아들과의 행복했던 추억이 기억났다. 내 눈물이 장마를 이루던 눈물의 밤이었다. 앞으로 내 인생이 어떻게 될 것인가? 출발을 앞둔 전날 밤, 잠이 오지 않았다. 김명자

입원할 준비를 마쳤고 이제 병원으로 출발해 수술 받을 일만 남았다. 암 환자로의 출발이다. 아! 이제부터 '암 환자'와 '암 환자가 아닌 자'의 세상으로 구분되는 건가?

병원으로 가기 전, 마지막으로 양가 부모님께 전화를 걸어 내가 유방암이고 수술하기 위해 지금 집을 나선다는 사실도 알렸다. 먼저 시어머님께 전화를 드렸다. "어머니! 저……. 유방암이래요. 지금 병원에 가요." 울먹이는 내 말이 끝나자마자 시어머니로부터 바로 답이 들려왔다.

"그럼, 애비 밥은?"

'아니, 맏며느리가, 암 수술을 받으러 병원에 간다는 말에 어떻게 이런 말을 하실 수 있지?' 병원에 가야하는 사실보다 시어머니의 반응에 더 먹먹해졌다. 이런 예기치 못한 응답에 대답할 적절한 말을 찾지 못했다. 머리를 한방 맞은 것처럼 아무 대답도 못하고 멍하니 수화기를 들고 있었다. "여보세유? 여보세유?" "네. 아범은 직장에서 먹으면 돼요. 지금 아범 밥이 문제가 아니잖아요?"

아들 입에 들어가야 하는 밥이 문제인 시어머니의 말씀은 귀에 들어오지 않았다. 아무리 당신 뱃속으로 낳은 자식이 아니라 해도 며느리가 암에 걸렸다는 데 참말로 서운했다. '시아버지, 아들 때문에 힘들다' 하시면 나는 기꺼이 시조부님, 시동생을 데려와 같이 살았다. "날 도와주는 사람은 에미밖에 없다"고 말씀하셨던 분의 그 한 마디는 내게 큰 상처가 됐다. "그동안 당신은 앞으로 해야 할 효도까지 다했으니까, 이젠 당신이 살아야하는 것에만 신경 써요. 다른 일엔 하나도 신경 쓰지 말구 당신 자신만 생각해." 힘든 아내를 보아온 남편이 위로를 하느라 애를 썼던 기억이 난다.

잠시 후, 친정 엄마께도 전화를 드렸다. "그렇게 건강했던 네가 왜 암에 걸리냐"고 막 우신다. "수술받고 나면 암이 낫느냐"고 물으시더니 '누구에게'라는 대상도 말씀 않고 "수술 잘 되고 꼭 낫게 해 주세요." 눈물로 호소하신다. 그리곤 지금당장 올라오시겠단다. 엄마는 몇 년전 넘어지셔서 척추뼈가 내려앉았는데 해가 갈수록 휜 허리로 수술한 딸을 보기 위해 서울로 올라와 또 그렇게 우시던 엄마. 유방암으로 양쪽 가슴을 다 잘라냈다는 데 설마 설마하며 가슴에 둘둘 감아놓은 붕대를 조심스럽게 풀어보시고는 돌아서 통곡하시던 엄마. 엄마께 불효를 한 것 같아 가슴이 많이 아팠었다. 참, 나 가슴 없지, 마음이 아팠다.

엄마가 너무 우서서 "엄마! 이렇게 울려면 제발 오지마!!" 말하며 엄마의 가슴에 못을 박기도 했었다. '사랑'에게 이름이 있다면 그것은 '엄마'라는 이름일 것이다. 내가 결혼한 뒤, 엄마는 자연스럽게 친정 엄마가 되셨고, 나는 새로운 시댁 엄마를 만났다. 새로운 엄마를 친엄마처럼 대하려고 애쓰며 더 신경쓰며 살았고 친정 엄마에게는 소홀해졌다. 시댁에 잘하라며 내게서 한발 물러나신 친정 엄마와 시댁 엄마. 죽음을 바라보게 되는 '암'이라는 청천벽력 앞에 시댁 엄마의 '그럼 애비 밥은?'이란 말은 오랫동안 귓전을 맴돌고 내 가슴을 울렸다.

그러나 이젠 나도 아이를 낳고 엄마가 되어보니 많은 생각을 하게 된다. 시어머니는 왜 그렇게 대답하셨을까? 과거 먹고 살기 힘든 시대를 살아오신 어머니는 그저 자식 입에 밥을 넣어줘야 했고 자식이 맛있게 잘 먹는 것을 바라보는 기쁨으로 사셨을 것이다. 자식을 향한 사랑을 '밥'으로 표현하는 어머니였던 것 같다. 내 뱃속으로 낳은 자식인 아들과 며느리는 달랐고 나의 시댁 엄마는 그걸 숨기지 못하고 자신도 모르게 표현했을 뿐이리라. 내가 내 아들을 생각하는 마음이 무조건적인 것처럼 나의 시댁 엄마도 그러셨을 것이다. 그러나 '나는 사랑을 그렇게 표현하지 말아야지'하고 다짐하고 다짐했다. 그것이 아들을 위한 것이 아님을 알기에. 🏷️

온전히
나만을 위한

소박한
여행가방

준비도 다 끝냈고 내일이면 네팔행 비행기를 타야 한다. 그동안 준비
한 짐들을 하나하나 가방에 담으며 너무나 행복했다. 생각해보니 학
생시절 수학여행, 신혼여행 그리고 결혼 후 떠났던 가족여행과 친구
들과 떠났던 여행 등 여러 번의 여행가방을 쌌지만 이렇게 온전히 나
만을 위해 설레는 마음으로 가방을 쌌던 기억은 없었다. 참 행복했다.

아무에게도 말 안 했으니 문병 올 사람 없고, 아무 방해도 받지 않고
책 보고 자고 음악 듣고. 내 인생에 나만의 이런 소중한 시간이 있었
던가? 그 상황에서 날 구해준 건 헤드폰 속에서 울리는 모차르트의
음악, 그리고 시드니 셀던, 그 두 사람이었다.

우리는 봄부터 히말라야 여행계획을 세우고 체력단련을 위해 산도 찾았고 필요한 최소한의 물건들을 준비하며 시간을 보냈다. 난 나름대로 차근차근 가방 안에 챙겨야 할 물건의 목록을 메모하고 없는 것은 새로 사며 준비를 했다. 평소 산에 갈 때면 기본적으로 마실 물과 약간의 간식, 무릎보호대, 스틱 그리고 혹시나 추울 때 걸칠 여벌의 옷, 그리고 커다란 보자기 하나 정도는 항상 넣고 다닌다. 보자기는 잠시 누워서 잘 때는 간이 이불로, 추울 때는 옷 위에 걸치거나 스카프를 대신하기도 한다. 약간의 비상약과 핫팩, 헤드랜턴 그리고 간식 등을 배낭 속에 더 챙겼다. 이번 여행을 위해 일행들은 이것저것 사면서 한껏 들떠 있었다. 모두 행복해 보여서 다행이다. 짐을 싸다 보니 나는 그동안 전문 산악인의 모습으로 우리나라 낮은 산들을 다녔구나란 생각을 하게 됐다. 조금은 부끄럽고 사치한 내 모습은 아니었는지 반성하는 계기가 되기도 했다. 새로 산거라곤 달랑 등산용 베개뿐이었으니 말이다.

　준비도 다 끝냈고 내일이면 네팔행 비행기를 타야 한다. 그동안 준비한 짐들을 하나하나 가방에 담으며 너무나 행복했다. 생각해보니 학생시절 수학여행, 신혼여행 그리고 결혼 후 떠났던 가족여행과 친구들과 떠났던 여행 등 여러 번의 여행가방을 쌌지만 이렇게 온전히 나만을 위해 설레는 마음으로 가방을 쌌던 기억은 없었다. 참 행복했다. 하루 종일 싸고 다시 싸고를 반복하고 잘 챙겨둔 여권도 몇 번이나 다시 꺼내보고 하루를 보낸 탓인지 막상 떠나는 날 아침은 몸살로 기운이 없었다.

챙겨둔 짐을 들고 집을 나서는데 가족들은 걱정이 태산인가보다. 남편과 아들은 가방을 공항버스 정류장까지 갖다 주면서 계속 조심하라 당부를 한다. 준비하는 내내 내 마음은 수학여행 가던 학창시절처럼, 아니 사랑하는 사람을 만나 데이트 할 때처럼 설레고 기다려지곤 했는데 막상 떠나려니 잠시의 헤어짐이 섭섭해서일까? 아니면 건강한 모습으로 떠나지 못하는 아쉬움 때문일까? 그것도 아니면 가족과 함께 가지 않고 나만 혼자 떠나는 미안함 때문일까? 괜스레 눈시울이 뜨거워진다. 밥 잘 챙겨 먹고 있으라고 아들의 등을 토닥여주니 아들 또한 눈물을 글썽인다.

차를 타고 떠나는 차창으로 손을 흔들어 작별을 하고 바라보니 두 남자가 멍하니 서 있는 모습에 가슴이 아파온다. 공항으로 가는 차 안에서 내내 눈을 감고 있었다. 그동안 남편과 만나 결혼하고 두 아이의 엄마가 되어 지지고 볶고 살아 온 모습과 행복했던 모습들이 주마등처럼 지나가고 울컥울컥 가슴이 메어져 왔다. 좀 더 내 인생을 즐겁고 행복하게 보내지 못한 후회가 밀물처럼 몰려오기도 했다.

우리는 한 팀을 만들어 히말라야에 가기 위해 공항에 모여 있었다. 온몸이 천근만근 몸살로 힘들었지만 분위기에 휩싸여 덩달아 날아갈 듯한 기분이 되었다. 한국에서부터 우리의 먹을거리를 공수해 가기 때문에 한 사람당 짐의 무게가 80ℓ를 넘으면 안 된다며 짐을 덜어내라는 대장님의 말에 이리저리 짐을 옮기는 수고조차 즐거웠다. 도대체 우리를 위해 공수해 가는 음식이 뭘까? 우리에게 밑반찬을 준비하지 말라고, 여행사에서 일괄 준비한다 해서 우리의 수고를 덜어주며 마련한 반찬이 도대체 뭘까? 궁금해서 살짝 물어보니 기대해도 좋다고만 하신다.

약이 아니더라도 이 행복한 기운에 힘입어 몸살은 나아가고 있고 불끈불끈 힘이 생기고 있었다. 상기된 얼굴로 수속을 마치고 비행기에 올라 비행기가 이륙하던 순간, 슝~ 하고 하늘 위를 나는 듯한 그 순간의 행복함이란. 이게 얼마만인가, 내가 암이란 놈을 만나지 않았다면 누리지 못했을 호사를 누리고 있다. 나는 완전히 혼자되어 자유를 만끽하며 히말라야를 향해 비행을 시작하고 있었다. 너무나 들뜨고 기대하는 마음으로. 이강녀

나 병실에서 추리소설 읽는 여자야

　미처 영면을 준비 할 시간조차 없는 갑작스러운 사고도 있고, 생활하는데 불편한 장애도 있는데 유방암은 차라리 낫지 않느냐는 내 대책 없는 긍정적 성격 덕에, 암 발견 후부터 입원수속까지는 참으로 번갯불에 콩 볶듯 이루어졌다. 금요일 아침에 정기검진 결과로 유방암이라는 말을 듣고 토요일 아침에 입원수속을 했으니 말이다. 통보 받은 날 친구들과 만난 자리에서 암이란 얘기를 했더니, 친구들은 걱정할 것 없다며 힘을 줬고 기운내고 치료를 받으라는 의미로 다 같이 노래방까지 가 신나게 놀고 다음 날 아침에 다시 만나 내 입원 수속을 대신 해줬다. 사회에서 만난 친구들이지만, 때론 남편 보다 편안 할 때가 있는 친근한 내 사람들이다. 하지만 입원 수속을 대신 해 주었다고 해도 가족에게 알리지 않을 순 없다. 교수로 평생 공부밖에 모르던 남편은 맘이 여리고 수줍은 성격이고 당시 대학생이던 딸과 아들. 특히 이제 중학교에 들어 간 막내에게 감당 못할 부담과 충격을 주지 않을까 걱정이 되었다. 암에 걸린 나보다 가족들이 더 걱정되던 순간이었다. 그래서 나름 걱정을 덜 주려고 "나 친구들이랑 1주일만 여행하면 안 될까?"로 시작된 대화는 마침내 "사실은 병원 입원 1주일만……. 아무것도 아니래, 유방에 조그만 종양이 있다고……."

아니나 다를까 가족의 반응은 내 예상을 벗어나지 않았다. 남편은 나에게 무에 그리 많은 죄를 졌는지 그저 자기 때문이라면서 우는데 헛폼까지 잡으며 애써 씩씩하게 추스르고 있던 나까지 결국 울리고 말았다. 아이들은 겁을 잔뜩 먹고 계속 울기만 한다. 행여 엄마를 잃으면 어쩌나 하는 불안감이 가득한 눈빛이 내 가슴을 저몄다. 속없이 산다는 말을 듣는 내 낙천적인 성격이 그때만큼은 얼마나 많은 도움이 되었던지. 정작 환자인 내가 푼수를 떨어 식구들을 진정 시켰다.

막상 수술 당일은 말 그대로 담담했다. 긍정적 마음으로 그동안 전업 주부로서 시어머님 모시고 가부장적인 남편, 아이 셋인 여섯 식구의 뒷바라지 하느라 복작거리며 쉬지도 못하고 살았는데 이 기회에 조용히 혼자 며칠 푸욱 쉬자 생각했다. 가방에 평소 즐겨듣던 모차르트 CD들을 챙겨 넣고 추리소설도 챙겼다. 시드니 셀던과 프레드릭 포사이드 작가의 것들이었는데 말 그대로 철저히 시간 죽이기 용 책들이다. 수술을 앞두고 죽고 죽이는 추리소설을 챙겨가다니 내 터무니없는 긍정마인드가 빛을 발하는 순간이다. 짐을 싸는데 마치 여행을 떠나는 기분이었다고나 할까. 두려움 속에 한 편으론 약간의 설렘(?)도 있었다. 하지만 두 번 다시 이런 가방을 쌀 일이 없기를 기원. 건강해지면 멋있는 곳 찾아 떠날 때 오늘이 생각나며 옛 이야기 하겠지 하며 스스로를 위로했다.

입원을 위해 동행한 내 옆지기는 다시 든든한 울타리가 되었고 자상한 에스코트를 받으며 병원을 향했다. 가슴을 다시 예쁘게 만들어

준다는 둥, 행여 잘못 되면 애들이고 뭐고 당신 따라 간다는 둥. 솔직히 후원인지 협박인지 편치 않은 멘트를 철없이 날리고 있었다. 평소 저혈압이라는 말을 들었는데 아무리 말짱한 척 해도 내 속의 나는 겁을 잔뜩 먹었었나 보다. 혈압이 높다. 모차르트를 들었다. 그때까지만 해도 담담했는데 영화 〈엘비라 마디건〉 생각이 나 눈물이 흘렀다. 모차르트 피아노 협주곡이 인상적이던 영화였는데 하필이면 영화 속 두 주인공이 모두 죽었다는 생각이 날게 뭐람! 경쾌한 곡으로 바꿔 들으니 편안함을 느껴 단잠을 잘 수 있었다.

수술 당일 아침, 편한 마음으로 수술실에 들어서는데 옆지기가 큰 소리 빵빵 친다. "당신은 무조건 내가 살린다." "흥, 누가 죽는댔나?" 사실 난 그때 오직 한 가지 걱정뿐이었다. 화장실 혼자 못 가면 어쩌지? 평생 남의 도움이 필요하게 되면 어쩌지? 내 걱정과 달리 수술 후 눈을 뜨니 나를 걱정스레 들여다보고 있는 옆지기 얼굴! 난 의아스러울 정도로 상쾌한 기분이었고 그때 드는 생각은 "아! 다행이다, 화장실 혼자 갈 수 있겠다, 신나라."

아무에게도 말 안 했으니 문병 올 사람 없고 식구들에게도 집에 가라고 우겼으니 오늘 밤 남편만 들여보내면 난 자유네, 아! 정말 좋구나. 그동안 크게 느끼지 못해 그렇지 그동안 너무 피곤했었나 보다. 이렇게라도 혼자 조용히 좀 쉬고 싶으니 말이다. 우리 가족은 내가 입원한 닷새 중 저녁 몇 시간만 같이 했고 내 고집대로 아무도 병원에 재우지 않았다. 옆 침대 아주머니의 고통스러워했던 신음 소리도 낮아지고 그만큼 종교인인 그녀의 방문객 소리도 조용해졌다. 아무 방해도 받지 않고 책 보고 자고 음악 듣고. 내 인생에 나만의 이런 소중한 시간이 있었던가? 입원도 할 만 하네.

그 상황에서 날 행복하게 해준 건 헤드폰 속에서 울리는 모차르트와 시드니 셸던, 그리고 프레드릭 포사이드, 그들이었다. 주광재

2부

고개를 들지
않 으 면
히말라야를
볼 수 없다

이 차로
10시간을 간다고요?

공항입국심사대에서 천천히, 우아하게 줄을 기다리던 나마저도 놀
랄 네팔의 첫 만만디였다. 이렇게 매사에 거북이처럼 천천히 움직이
기 때문에 토끼와의 경주에서 이긴 동화 속 거북이같이 네팔리들은
행복의 결승선에 먼저 도달하는 것이 아닐까 싶다.

머리카락도 빠지고 암 환자가 겪는 고통도 겪으면서 죽네 사네 20년
을 살았다. 나는 지금도 그때 나를 치료한 최신기술이 어떤 것인지
모른다. 하지만 20년 동안 나를 나이롱환자라 불리게 하고 히말라야
에도 오르게 된 건 다 이 티나지 않은 최신기술 덕이 아닐까 싶기도
한다.

인천공항에 모인 우리들은 히말라야에 가기 위해 새벽부터 잠을 설치고 아무것도 먹지 못했으련만 그래도 설렘과 기대감 때문인지 다들 싱글벙글이다. 드디어 히말라야가 있는 카트만두, 아니 히말라야에 있는 카트만두였던가? 네팔행 비행기에 몸을 실었다. 우리 환우 9명과 참여자 10명, 총 19명 대가족은 비행기에 앉아 각자의 머릿속에서 여행을 시작하느라 바쁘다. 나는 하루의 산행을 마치고 숙소앞 벤치에 앉아 히말라야의 저녁노을을 배경삼아 읽을 책으로 라인홀트 메스너의 『검은 고독 흰 고독』을 훑어 보았다. 세계 최초로 히말라야 8,000m급 14좌를 완등 한 라인홀트 메스너가 1970년 8,125m의 히말라야 등반 중 동생이 눈사태로 실종되는 아픔을 겪은 몇 년 뒤, 다시 단독으로 등반에 성공해 세계 등반 역사를 새로 쓴 산악문학의 고전으로 꼽히는 책이다. 30년 전, 등산에 입문 한 뒤 점심시간이면 회사 도서실을 등산하듯 올라 주말의 산행을 꿈꾸며 들춰보던 등산 전문잡지에 소개된 메스너의 행적을 찾아보며 내가 히말라야 한 귀퉁이라도 오르리라고는 상상조차 못했다. 단지 그 사람이 느낀 히말라야, 그 한가운데에 들어

가 그 사람이 느꼈던 고독은 어떤 것이었는지는 같이 느끼고 싶었다.

후덥지근한 카트만두 공항 입국심사대. 여기는 아직도 완전한 아날로그 세상이다. '빨리 빨리'의 디지털 세상에서 온 우리들은 어느 줄이 더 빠른지 가늠해보며 이리저리 줄을 옮겨 다니기 바쁘다. 나는 점잖은 체 가만히 서 있다 일행에게 눈칫밥을 먹은 후에야 빠른 줄로 옮겨보았지만 결국 맨 꽁찌로 입국심사대를 나오고 말았다. 공항 밖에서 대기하던 버스에 올라 우리의 첫 숙소인 '안나푸르나 호텔'로 향했다. 호텔 로비에 도착하니 80ℓ들이 커다란 빨강 가방이 우리보다 먼저 도착해 질서정연하게 세워져있다. 산행 내내 따뜻한 잠자리를 제공할 침낭도 받았다. 임대지만 한대장님이 우리를 위해 특별히 깨끗한 것으로 골라 일광욕 소독까지 한 침낭이다. 가방과 침낭까지 받고나니 히말라야로 향하는 일이 비로소 실감이 난다.

네팔에서 첫 저녁식사, 각종 조미료와 기름으로 잔뜩 맛을 낸 문명 세계의 조리방식이 아닌 삶고 소금만을 가미한 듯한 단순한 조리법으로 만들어진 담백한 나물과 닭고기를 맛있게 먹었다. 어쩌면 이런 단순한 맛이 우리가 잊어버린 자연 그대로의 맛일지도 모르겠다.

드디어 히말라야에서의 첫날이 밝았다. 얼마나 오랫동안 꿈꾸어오던 '그날' 이런가! 우리는 히말라야가 시작되는 해발 1,460m의 샤베루베시까지 버스를 타고 이동하게 되는데 '랑탕-코사인쿤드' 코스를 등정하는 사람들은 모두 이 버스를 탄다고 한다. 등반객 뿐만이 아니라 그곳에 사는 사람들도 마을에서 장본 물건들을 이고 지고 혹은 팔 물건들을 지고 이 차를 타는데 그 풍경이 마치 우리네 옛날 시골 버스를 연상하게 한다. 그래서인지 버스 지붕 위까지 짐들로 가득하다. 중량초과는 아닐지 괜스레 걱정스러워진다.

너무도 혼잡한 거리에서 차선도 없이 이리저리 마구 달리는 차량들. 충돌사고가 일어날까봐 공포감마저 느껴진다. 버스는 연신 "끼익" 소리를 내다 멈춰 서길래 기어코 펑크가 난 줄 알았다. 하지만 다행히도 우리들을 위해 등반 내내 요리를 해줄 '쿡'이 마을 중간에 내려 식료품들을 구입해 버스에 싣는 중이라고 한다. 우리를 안내해 주시는 분은 미리미리 구입하라고 이야기해도 왜 항상 도중에 구입하는지 모르겠고 한다. 하지만 오랜 그들의 습성은 어쩔 수 없나보다. '비스따리, 비스따리(천천히)', 기다림을 비롯한 모든 것은 신의 뜻이란다.

그 후로 계속되는 공포와 스릴의 버스여행. 마주오던 차가 부딪힐 듯 아슬아슬한 수십 길 낭떠러지 도로를 간신히 스쳐지나가고 있다. 도로 수리를 기다렸다 가기도 여러 차례, 하지만 벌써 현지 적응이 되어서 그런지 기다림도 이젠 하나의 즐거움이다. 계속되는 차창 밖 멋진

풍경에 취한 우리들은 연신 셔터를 눌러대고 박경희 단장님은 좁은 차
선 옆으로 보이는 천길 낭떠러지에 대한 두려움으로 온힘을 다해 손잡
이를 붙잡고 있다. 하필 낭떠러지가 보이는 쪽에 자리를 잡은 노동영
박사님은 눈을 떴다 감았다 모자를 썼다 벗었다 "내가 이 버스 때문에
다시는 여기 못 오겠네"라며 두려움을 표현한다. 하지만 우리 누구도,
자리를 바꾸어 앉자는 얘기는 차마(?) 안 한다. 몇몇 사람은 낡고 덜컹
거리는 차 때문인지 차멀미의 고통을 간신히 참고 있는 듯하다. 그렇게
10시간 여를 달린 끝에 마침내 샤베루베시에 도착했다.

　후에 우리가 달려온 그 거리는 카트만두에서 불과 100km가 조금
넘는다는 이야기를 듣고는 깜짝 놀랐다. 한국에서라면 한 시간도 안되

어 도착했을 그 거리라니, 한 수백 킬로미터를 달려 온 줄 알았는데. 공
항입국심사대에서 천천히, 우아하게 줄을 기다리던 나마저도 놀랄 네
팔의 첫 만만디였다. 이렇게 매사에 거북이처럼 천천히 움직이기 때문
에 토끼와의 경주에서 이긴 동화 속 거북이같이 네팔리들은 행복의 결
승선에 먼저 도달하는 것이 아닐까 싶다. 이병련

히말라야가 시작되는 샤베루베시에서 우리의 희망 메시지, 핑크릴레이는 시작되었다.

히말라야에 오르기 위해 우리는 한국에서 사전 전지훈련을 떠났었는데 마지막 코스인 강원도 바우길에서 내 휴대폰을 물에 빠트려 잃어버렸다. "아이고 어째" 휴대폰을 잃고 어떻게 할까 고민하던 중 아이들이 요즘 대세는 스마트폰인데 히말라야까지 갈려면 휴대폰도 성능이 좋아야 한다고 하도 추천을 해싸서 다룰 자신은 없었지만 폼나게 손가락 하나로 살짝 밀면 된다고 해서 싹~싹~ 미는 재미로 스마트폰을 구입했다.

아이들에게 잔소리 들어가며 사용법을 배웠건만 미처 다 익히기도 전에 '스-마-트- 폰'을 들고 기세당당하게도 히말라야로 떠났다. 포부도 당당하게 말이다. 하도 최신형, 최신형 하길래 히말라야 깊은 산속에서도 자동으로 잘 될 줄 알았다. 허허~ 아무리 최신형이고 기계가 좋으면 뭐하노, 작동이 되질 않으니 그림의 떡. 왜 안 되는지 알기라도 하면 좋겠건만. 하기야 그 이유를 알면 진즉에 터졌겠지.

아이들에게 혼나가며 사진 찍는 법도 배웠는데 한 장도 못찍었다. 왜일까? 끈다고 껐는데 꺼지지 않고, 어디서 눌러졌는지 손도 안 댄 휴대폰이 나도 모르는 사이에 켜져 있고. 정말 이름값 못하고 내 속 터지게 한 스마트폰. 내내 구시렁거렸더니 박사님께서는 "아이고, 할매도 스마트폰 샀네, 근데 사용법을 몰라서 그러지" 하신다.

"네, 그냥 싹~ 미는 재미로 샀는데요, 근데 저 할매 아닙니다요."

"뭐, 할매 되고도 남지."

스마트폰이 맘대로 되지 않아 속상해 죽겠는데 나이 많고 스마트폰 사용할 줄 모른다고 졸지에 '히말라야 할매'가 되어버렸다. 모두들 폼 나게 휴대폰으로 사진도 찍고 하드만 나는 최신형을 가지고도 아무것도 못했다. 그냥 열심히 밀어보는 수밖에. 그 말인즉, 히말라야 산속에서 나의 최신형 스마트폰은 순간 어둠을 밝혀주는 진등이었으며, 시간을 볼 수 있는 시계로만 이용가능 했다는 뜻이다. 그나마 시간도 히말라야시간이 아닌 한국시간만 나오니, 내가 이 스마트폰을 자랑할 데라곤 일행들에게 중간 중간 한국시간을 안내해줄 때뿐이다.

"지윤아! 지금 한국시간은 오후 3시 58분이다."

"명자야~지금 한국시간은……."

아이들은 내 이야기를 듣는지 마는지 한 귀로 흘려버린다. 그래도 굴하지 않고 동생들에게 "애, 지금 한국시간은 몇 시 몇 분인데" 하면 듣는다듣다 "언니, 지금 여기서 한국시간이 뭐가 필요해." 아니 '지금 한국시간이 몇 시다' 하면 히말라야시간을 알려줄 것 같아 알려줬는데 동생들은 필요도 없는 한국시간을 말하는 내가 우스운 모양이다. 하긴 스마트폰을 두 손에 꼭 쥐고 히말라야 산속에서 한국시간이나 외치는 내가 바보가 아니고 뭐겠는가? 최신형 스마트폰이 나를 '히말라야 바보 할매'로 만들었다.

히말라야의 길을 안내해 주는 셀파, 놀부와 우리의 짐을 들어주는 포터, 꾸마르는 내가 하도 외쳐대니 "스마트~"라고 계속 중얼거리고 웃기만 한다. 내가 일행들과 떨어져 혼자 있을 때 정말로 히말라야시간이 궁금해 놀부에게 스마트폰에 나타난 시간을 가리키며 "디쓰 이즈 코리안타임 히얼, 왓 타임 이즈 잇 나우?" 안되는 영어로 열심히 물어봤건만 놀부는 고개만 잘래잘래 흔들고 웃기만 한다. 히말라야에서는 최신형 스마트폰이고 지랄이고 간에 해시계와 배꼽시계가 더 나은 것 같다.

근데 서울에 와서 휴대폰 요금을 확인하니 굉장히 많이 나와 깜짝 놀랐다. 히말라야에서는 사용하지 않았다고 했더니 내 배낭 속에서 멋대로 눌려져 뭔가가 사용된 거란다. 참 최신형은 최신형인가벼. 이래저래 첨단기술을 따라가지 못하는 거 보니 정말 나이 탓인가?

최신형 기계를 들고도 시간마저 알 수 없어 답답했던 나. 동료들과 함께 있을 땐 "지금 몇 신데?" 시간을 물어볼 수도 있었지만 혼자 뒤쳐져 있을 땐 얼마나 답답했던가? 이 비싸고 건들기도 무서운 휴대폰을 버리지도 못하고 말이다. 답답한 마음에 켰다 껐다를 수십 번. 시간은 나오지만 이것이 며칠인지 오후인지 오전인지. 의미 없는 화면을 살짝만 건드려도 휙휙 지나가는 그림들은 우째 그리 많은지……

정작 히말라야에선 문명보다 감각으로 생활했다. 우리는 숙소인 롯지에서 자는 동안 추위를 이기기 위해 뜨거운 물을 넣은 물통을 안고 잤는데 이 물통이 식는 온도에 따라 대충의 시간을 알 수 있었다. 막연히 미지~건 해지면 새벽이 오는 거다. 그리고 아침에 셀파가 "티tea~"라며 환한 웃음으로 우리를 깨우러 오는 소리와 함께 뜨거운 차를 한잔 받아 마시면 우리의 새로운 아침시간이 시작되는 것이다. 박경희

닭볶음 탕, 닭백숙, 갓 겉절이, 갓김치, 파김치, 깻잎, 깍두기, 무국, 김칫국, 시래기나물, 잡채, 상추쌈, 명란 젓, 꽁치조림, 무·오이·당근 비빔국수, 북어찜, 양배추찜, 칼국수, 카레와 밀가루 떡, 삶은 달걀과 감자 오믈렛, 밀가루 빵, 수제비, 라면, 짜이 밀크 티, 레몬 티, 축하 파티용 케이크, 애플파이, 팝콘 등 등. 참고로 이 음식들은 시댁 식구를 위한 식사메뉴도 아니고 한국에서 먹은 음식들도 아니다. 히말라야에 오르며 우리가 먹었던 음식의 일부다. 히말라야에서 먹던 음식들은 여행사에서 준비해 간 밑반찬들과 히말라야에서 바로 무친 야채, 국, 반찬 등이었는데 그중에서도 멸치 볶음, 배추김치, 무김치, 달걀부침, 된장국, 김 고추장 등은 지금도 그 맛이 생생하게 기억나고 수제비, 냉면

은 이국에서 맛본 깜짝 놀랄 만큼 한국냄새 물씬 나던 별미였다. 트래킹 중 요리는 네팔 현지인이 담당했는데 요리솜씨가 끝내줬다.

첫날 카트만두에 도착해 안나푸르나 호텔에 여장을 풀자마자 식당에서 추천한 우리의 첫 음식은 발음하기도 어려운 '달밧또르까리' 였다. 네팔 전통 음식인데 달은 녹두, 밧은 밥, 또르까리는 국수란다. 접시에 밥과 국수가 나왔는데 카레향이 나는 음식이었다. 하지만 비위가 약한 편인 나는 그 향에 적응이 안 돼 닭과 버섯 등을 익힌 씨즐러를 택해 먹었다. 하지만 속으로는 '바보! 여행와서는 현지 음식을 먹어 봐야지 언제 철들라나?' 한탄하기도 했다.

잊을 수 없는 추억의 닭백숙을 먹던 날은 히말라야에 도착한 5일째 날이었다. 히말라야 산 속에서 닭백숙이라니, 트래킹에 지쳐 배불리 마음껏 먹고 싶었으나 우리들 19명에 비해 요리된 닭의 수가 너무

허말라야에서 닭백숙과 닭볶음탕을 먹으리라곤 그 누가 상상이나 했을까?

적어 많이 먹질 못했다. 마치 배고픈 코끼리에게 비스킷 하나같던 닭백숙은 냄새만 스치고 사라져버렸다. 지금에야 말할 수 있지만 그땐 그깟 닭 요리 하나에 체면도 버리고 싶은 충동도 느꼈다. 아쉬운 닭님이시여! 하지만 기회는 또 돌아왔는데 산에서의 마지막 날, 노박사님이 한턱내신 일명 닭백숙&닭볶음탕 파티가 그것이다. 코끼리, 비스킷 먹듯 했던 기억이 무색하게 배부르게 원없이 먹었는데 그날은 내가 1년 치먹을 닭 요리를 한 끼에 포식한 날이다. 평소 닭요리를 즐기지 않던 내가 그날은 왜 그렇게 많이 먹었을까? 등반으로 체력이 딸려 말도 잡아 먹을 기세였는데 하물며 공기 맑은 산야에서 뛰놀던 닭이니 육질이 얼마나 끝내줬겠는가? 그날은 내 생애 최고로 맛있는 닭을 먹던 날로 기억한다.

먹고 살기 위한 방편이라지만 정말 놀라웠던 건 요리를 해 준 이들이다. 내가 갖춘 장비들이 무색하리만치 그들의 의복과 신발은 허름했는데 가스통까지 메고 내닫는 그들을 보며 처지는 내 발걸음을 재촉한 적이 한 두 번이 아니었다. 그들의 성실한 삶에 경탄을 넘어 존경심까

히말라야 완주는 쿡이 해주는 음식들이 아니면 힘들지 않았을까?
한국에서 먹던 밥보다 더 한국스러운 밥을 해주는 쿡에게 우리는 무한한 애정을 보냈다.

지 생겼다. 언제나 우리보다 먼저 도착해 차와 식사 준비를 끝내 놓던 그들의 민첩성과 통일된 행동은 평소 '비스타리'를 연발하던 사람들이 맞나 싶을 정도. 그 얼굴들은 또 얼마나 상냥하고 순수해 보였던지, 밥 주는 사람 알아보고 꼬리 젓는 강아지처럼 아마도 난 그들의 노고에 대한 맹목적인 애정이 있었던 듯싶다.

늦게 자고 늦게 일어나는 소문난 올빼미 형 인간, 어디가 됐든 여행에서 가장 고민되는 것이 아침기상이던 내가, 새벽이면 어김없이 방문 두드리며 외치는 "티~." 문명 세계의 성능 좋은 알람이 그만할까? 덕분에 늦잠꾸러기가 하루의 낙오도 없이 벌떡벌떡 일어날 수 있었다. 말은 안 통해도 글로벌 시대 전 세계인의 공통어 웃음과 예민해진 속을 채워주는 음식! 그들이 아니었으면 우리의 트래킹은 과연 성공했을런지.

정상을 앞둔 우리들에게는 에너지 바와 핫 초코는 생명을 이어주는 음식이었고 힘든 산행을 마치고 쿡이 만들어준 음식은 하루의 고단함을 잊고 고향을 생각나게 하는 추억과 안식의 음식이었다. 한대장님과 헤어지기 전날 밤, 환송 파티가 있었는데 그때 찬드라 주방장이 만든 케이크는 순박하지만 화려한 마음이 들어간 요리였다. 그들이 만든 건 단순히 요리가 아니다. 매 끼니마다 신들만이 먹는다는 암브로시아 그 자체였다. 주광제

암을 피해 도망갔다
암이 다가오니 병원으로 뛰어간다

초진에서 암이라고 말씀해 주셨던 의사선생님을 찾아가 울며불며 투정을 부렸다.

"이럴수가 있어요? 선생님이 0기 암이라 전이가 안 된다고 하셨잖아요. 왜 수술하고 2년 4개월 만에 재발을 해요?"

수술 후 5개월마다 한 번도 빠지지 않고 검사를 받았는데 이렇게 자라도록 왜 몰랐냐고요? 의사선생님의 의학적 설명은 들어도 모를 뿐더러 귀에도 들어오지 않았다. 워낙 변수가 많은 놈이라며 첫 수술 때 의사를 믿었던 것처럼 지금도 믿고 맡기면 괜찮을 거라고, 더구나 초기라 그나마 행운이라고 위로해 주셨다. 무슨 정신으로 집에 갔는지 생각도 안 나지만 배낭을 꾸려 평소 종종 찾던 강원도 인제로 향했다. 수술은 더 이상 받지 않겠다는 묵시적인 행동이리라. 첫 유방암 수술을 받았을 때 항염에 좋다며 손톱이 벗겨지는 줄도 모르고 느릅나무의 껍질을 벗겨 상자 가득 보냈던 산장의 여인이 살고 있는 집. 후에 깊이 감사했더니 정작 본인은 기억도 안 난다며 내 마음을 편하게 해 준 아낙네가 사는 곳이다. 3년 전 무작정 떠난 여행길의 인연으로 나보다 4살

어리지만 친정 언니처럼 나를 반겨주었다.

　10월 말 산속, 사람이 가장 쾌적하게 살 수 있다는 고도 700m. 그곳은 벌써 밤마다 서리가 내리고 있었다. 숨어들 듯 황망히 갔던 그곳에는 나와 같이 사회에서 서리를 맞은 사람들이 모여 있었다. 평생 근무하던 회사에서 명예퇴직 통보를 받은 40후반의 가장, 혼례함 들어온 다음날 약혼녀의 옛 남자에게 받은 편지에 충격을 받아 무작정 차를 몰고 온 35살짜리 노총각, 세상을 알고 싶다며 세 달째 전국을 걷고 있다는 대학생 두 사람. 그렇게 여자 둘 남자 넷, 저녁마다 우리 여섯은 다 같이 모여 모닥불에 고구마, 감자를 구워먹으며 그날 다녀 온 길과 본 것들에 대해 얘기를 했다. 누구는 조침령에 올라 하루 종일 갈대만 봤다고도 하고 누구는 필례약수에서 물위에 떠 있는 단풍잎이 몇 개인가 세었다고도 하고 학생 둘은 곰배령에 올라 곰처럼 벌렁 누워 하늘을 한껏 담아 왔다 한다. 우리들은 달을 좀 더 가까이 보기 위해 언덕에 올랐고 기이한 짐승소리에 놀라면서도 그 소스라침을 즐기며 신기해했다.

　내 상황에 태연하려고, 다시는 세상에 돌아가지 않을 것처럼 정구지 부침에 효소 약술에 삼겹살까지. 먹고 싶은 거 하고 싶은 거, 아니하기 싫은 거 안 하며 여유를 부렸다. 소설책도 반나절 만에 해 치우고 멀쩡하게 혼자 잘 지탱하고 있는 넝쿨장미를 옆 나무에 얹어주고 꼬아주며 할 일들을 찾고 있었다. 명퇴하신 분은 평생 가족을 떠나본 적이 없는 사람이라 했다. 하루하루 지나며 자신이 누구인지, 누구였는지 알아가는 중이라고 했고, 약혼녀를 잃은 노총각은 자신의 입장에 밀려 약혼녀에게 생각할 시간을 주지 않았던 것 같다 했다. 대학생은 한 곳에 3일 이상을 머무르지 않겠다는 이번 여행의 원칙을 깨고 5일 만에, 정선으로 떠난다고 했다.

생면부지 사람들과 아침이면 헤어졌다 저녁이면 식구가 모이듯 기다리는 날들을 반복하며 1주일 쯤 지났을까? 무심코 가슴을 만지다 온 몸에 소름이 돋으며 본능적으로 '올 것이 왔구나'라는 생각이 들었다. 가슴이 귤껍질처럼 거칠어졌고 유두가 함몰되었다. 유방내세포가 괴사해 표피를 잡아당기기 때문일 거라는 생각이 섬광처럼 스쳤다. '허걱~' 더 이상 피하거나 감성적일 수도 없이 반사적으로 서리가 내려 유리창이 뽀얀 내 애마에 시동을 걸었다. 어둑해질 무렵이었는데 서울로 돌아오는 길도 전혀 생각나질 않는다. 첫 번째 유방암 수술을 앞두었을 때처럼 현관 앞에 놓여있던 입원용 배낭을 아무렇지도 않게 둘러메고 병원을 찾은 시간은 이미 늦은 저녁이었다.

"김지윤 씨, 보호자는요?"

"제가 보호잔데요? 왜 보호자가 필요한데요? 저번에 수술했을 땐 움직이는데 전혀 문제 없던걸요?"

내 민망함을 숨기기 위해 오히려 따지듯 간호사한테 되묻는다. 아무도 올 사람이 없는데, 아니 부르고 싶은 사람이 없는데 어쩌라고요? 다행히도´수술까지는 이틀의 여유가 생겼다. 11월 초 서울대병원의 단풍과 은행잎은 채도가 떨어져 주위가 온통 차분한 분위기였다. 처음 유방암 진단을 받던 날은 봄날 벚꽃의 화려함이 나를 서글프게 했다면 오늘은 마음을 비우고 받아들이는 내 마음을 주위 단풍 풍경도 도와주는 듯 했다. 외로운 마음에 20년을 같이 근무한 회사 동료에게만 전화를 했다. 이제는 진짜 암이잖아. 그래서 누군가에게 위로를 받고 싶었다. 어려서부터 꿈꾸던 꿈, 병실에 누워있으면 사람들이 위로해 주는 소녀의 바람(?)은 이루어졌다. 꽃다발은 병실 규정상 로비에 맡겨졌지만 회사 동료들이 사온 과일 향은 먹지 않아도 행복하고 무엇보다 금일봉이 머리맡에 차곡차곡 쌓이는 것이. ㅎㅎ 알고 보니 회사에 경조사비를 꼬박꼬박 내면서도 한 번도 받은 적이 없는 나를 위해 동료들이 배려해 준 것이란다. 병원까지 찾아와 '암'이라는 엄청난 단어 때문에 눈물을 글썽하면서도 정작 어떤 말을 건넬지 몰라 당황하는 모습에 오히려 내가 그들을 위로한다.

"괜찮아, 나는 이제 가슴이 없으니 유방암이 다신 찾아오지 않을 거야."

벌써 10년 전 일인데도 지금 이 한 줄을 쓰는 순간 울컥 눈물이 난다. 잠시 중단하고 경쾌한 음악을 들어야겠다. 김지윤

유방암에 걸렸을 때 내 나이 42살, 나를 수술해주신 노동영 박사님은 당시 30대 중반이셨다. 미국에서 공부하고 오신 지 얼마 안된 유능한 분이라고 소개를 받았다. 나를 안심시키려는 소리였는지는 모르지만 남편이 나에게 이야기한 박사님의 프로필은 유방암에 대해 최신공법기술(?)을 공부하고 귀국하신 분이니 아무 걱정 말라고 했다. 그때 뵌 박사님의 인상은 동안에 자상하신 분으로 기억하는데 20년 세월이 흘렀는데도 예나 지금이나 변함없는 것이 그분의 매력이 아닌가 싶다.

박사님이 유능해서일까? 나는 살았고 "아야" 소리 한 번 못 해본 환자가 되었다. 발 빠른 대응으로 정신없이 '어~어' 하다 가슴 한 쪽이 없어진 것 같다. 월요일, 개인병원에서 암 발견, 목요일에 조직 검사 결과와 함께 입원, 금요일 오전 수술. 그러니 뭐가 뭔지도 모르고 시키는 대로 고분고분, 어리둥절, 의아심. "뭐야 암이라는데." 아프거나 아무런 증상도 없고 앞으로 어떻게 해야 하는 건지 두려움과 그 틈으로 살짝 삐져나오는 호기심, '나 죽는 건가?' 그러나 너무나 멀쩡해서 죽는다는 건 상상도 되지 않았다. 미쳐 어떤 감정도 느낄 시간적 여유도 없었던 게 나에게는 그나마 다행이라면 다행이었다.

새벽에 병실에서 자고 있는데 수술실로 옮긴다고 침대 끌러 온 아저씨. 담담하게 옮겨 탔던 침대에서 '아 베개가 있었으면 좋겠다' 생각하면서도 눈을 떠야 하나 말아야하나 망설이며 눈을 감았지만 엘리베이터 속 함께 탄 사람들의 시선을 온몸으로 받는 느낌은 생생했다. 수술실에선 가운과 모자와 마스크로 무장하신 의사선생님들이 나를 바라보고 있다. 누가 누군지 알 수 없다. 그 무리 중 한 분이 "괜찮아요" 하며 내 손을 꼭 잡아 주셨는데 그 분이 누구인지는 지금도 모른다. 얼마나 지났을까? 내가 느끼지도 못했던 세상 속을 한참 헤메고 있을 때, 수술실 밖에서 기다리는 일은 정말 못할 짓이라며 입술이 바짝바짝 마르고 회복실 입구 위 내 이름에 불이 켜질 때까지 가슴을 졸였다며 남편한테 잘해주라던 시누님. 입원실로 옮겨져 눈을 떴을 때 나의 왼쪽 팔은 천정에 매달려 있고 가족친지들이 죽 서서 나를 보고 있다. 그리곤 수술도 잘 되었고 이젠 살았단다.

다음날 아침, 우유와 함께 간호사님이 "운동합시다"란다. "에~ 운동이라니??" 운동이라고 해봤자 수술한 가슴 쪽 팔로 반대쪽의 귀를 잡는 운동이다. 당시 나는 유방암 2기로 암이 림프에까지 전이된 상황이라서 왼쪽 가슴은 물론 겨드랑이에 있는 림프절까지 잘라냈다. 겨드랑이가 움푹 파여 수술하고 난 뒤 바느질(?) 하기가 무척 힘들었을 것 같다.

운동은 쉬운 것 같지만 왼쪽 겨드랑이에서 가슴까지 붕대로 칭칭 감겨져 감각이 없어 힘들었다. 그래도 너무나 열심히 운동을 한 탓인지 겨드랑이 꿰맨 곳이 세 바늘이나 터져 다시 꿰매야 했다. 아프면 어쩌나 했는데 가슴에 감각이 없어져 마취고 뭐고 나도 모르는 사이에 꿰매버렸단다. 왼쪽 가슴의 감각이 돌아오기까지는 세월이 많이 흘렀던 것 같다. 겨드랑이 상처가 아물고도 등 쪽으로 혹처럼 살이 뭉쳐 여름 옷 입는데 불편했는데 지금은 겨드랑이 쪽이 약간 파인 정도지만 등 쪽에 뭉쳐 있던 살덩어리는 없어져 깨끗하다. 그 외 나머지 오장육부는 멀쩡해 병원 음식이 그렇게 맛있는지 처음 알았다. 2인 1실의 내 룸메이트는 70세에 가까운 췌장암 할머니였는데 황달이 있어 수술을 미루고 있어 음식을 드실 수 없고 토하고 무척 괴로워 하셨다. 하지만 같은 암이지만 나의 식욕은 너무나 왕성했는데 5층인가 6층 입원실에서 창경원이 내려다 보였는데 창경원을 내려다보면서 소풍 온 기분으로 매끼 식사를 맛나게 먹었다.

1주일이 지나니 퇴원하란다. 아니, 가슴에 붕대도 그대로고 가슴 밑에 달린 피 주머니는 우짜노. 박사님은 피 주머니를 달고 통원치료를 하란다. 그 당시 유방암 환자는 1주일 정도 입원했는데 나는 상처가 아물면 퇴원하겠다고 떼를 쓴 것 같다. 사실 병원에 있어봤자 할일도 없다. 운동을 열심히 하라고 해서, 운동이래야 병실 복도를 왔다 갔다 하는 것뿐이다. 유방암 수술을 하면 수술 부위의 피가 밖으로 빠져나오도록 한동안은 비닐 주머니를 달고 다니는데 나는 이것을 '빨강 핸드백'이라 이름 지었다. 내가 운동가자면 내 빨강 핸드백을 든 늙은 시누님과 환자 가운을 입은 혈색 좋은 젊은 환자가 복도를 왔다 갔다 한다.

　이런 시간들도 지나고 드디어 퇴원을 하게 되었다. 박사님은 이제부터 즐겁게 살라고 한다. 많이 웃고 스트레스 받지 말고 운동 열심히 하고 기타 등등. 퇴원해서는 6개월간 항암주사치료를 받았는데 그때 주사액이 내 팔뚝 혈관으로 들어갈 때 싸-아 하게 차가운 느낌과 소름이 쫙 끼치는 느낌은 20년이 지난 지금도 잊혀지지 않는다.

　머리카락도 빠지고 암 환자가 겪는 고통도 겪으면서 죽네 사네 20년을 살았다. 나는 지금도 그때 나를 치료한 최신기술이 어떤 것인지 모른다. 하지만 20년 동안 나를 나이롱환자라 불리게 하고 히말라야에도 오르게 된 건 다 이 티나지 않은 최신기술 덕이 아닐까 싶기도 한다. 나의 영광의 상처도 박사님의 최신기술 덕분인가? 아님 세월이 흘러서인가? 내 수술부위는 지금 너무나도 깨끗하다. 박경희

　혼자 사는 나로서는 항암치료 중 가장 큰 일은 세끼 식사를 챙겨먹는 일이다. 오랜 독신생활로 인스턴트나 외식을 하는 습관이 들어 음식

을 잘할 줄 모르고 하려 해도 항암주사치료 중 메슥거리는 증상 때문에 음식냄새를 맡기 힘들어 여간 고역이 아니었다. 다른 환우들은 입맛이 없어 밥을 못 먹는다는데 난 입맛은 있는데도 못 먹으니 결국 내가 생각해낸 방법은 조용한 산사에 가는 것이었다. 조용한 곳에서 요양도 하고 몸에 좋은 절 음식을 먹는다면 건강해지지 않을까 생각해서였다. 알음알음 수소문한 결과 경남 합천의 아주 조그마한 절에서 2달 반을 지내기로 했고 한동안 항암치료를 받으러 서울로 왔다 갔다 했었다. 우선 그곳의 공기가 너무나 달고 좋았다. 새벽예불에 참석하기 위해 새벽에 보는 밤하늘의 별은 또 얼마나 아름답고 예쁘던지. 난 유난히 별을 좋아하기에 별을 보기 위해 새벽예불에 참석한 적이 더 많았던 것 같다.

어릴 적 사찰에서 먹던 공양이 너무 맛있었던 기억으로 남아있던 나는 기억속의 공양을 하루 세끼 규칙적으로 먹을 수 있음에 감사했다. 또 내 식성 좋은 것도 감사했고 공양주 보살님의 솜씨가 일품인 것도 다 감사했다. 사찰의 음식은 제철나물과 심심한 양념 때문에 건강식으로 꼽히고 있지만 단 한 가지 아쉬웠던 점이라면 항암주사를 맞던 중 단백질과 영양보충을 하기 위해 가끔 읍내로 나가야 했던 점이다. 워낙 시골이라 시내 한 번 가려면 하루에 몇 번밖에 다니지 않는 버스를 타고 점심 한 끼 해결하고 와야 하는 일정이라 항암치료로 힘든 몸이 더 녹초가 된 기억이 난다. 특히 고기집이나 생선구이 식당에서는 1인분씩 팔지 않아 사정사정하고 버스시간을 맞추려 허둥대며 식사를 하고 나와야 했다. 치료로 약해진 몸으로 버스까지 타고 밥을 먹으러 가는 나를 측은하게 생각한 공양주 보살님은 생선조림, 오징어볶음,

오리고기와 닭볶음탕을 다른 절식구들 몰래 만들어 주셨다. 특히 절에는 육식이 금지되어 있지만 가장 맛있게 먹었던 일품 음식으로는 소머리국밥이 있다. 주지스님께서 사가의 어머님께 부탁해 직접 만들어 주신 보양식이었는데 나는 그분을 노보살님이라 부르고 맛있는 식사를 대접받기도 했다. 음식솜씨가 유달리 좋으셨던 노보살님은 성철스님 살아생전에도 명태고은 물을 보양식으로 전해드렸다며 내가 맛있게 먹는 걸 보고 좋아하셨다. 나는 그분의 솜씨와 정성을 먹고 다시 씩씩하게 항암주사를 맞으러 다녔다.

항암치료를 받아 지쳐 아침에 일어나지 못하면 바쁜 공양시간인데도 불구하고 나를 깨워 밥을 먹을 수 있게 하는 등 항상 들여다보고 곰살맞게 보살펴 주시기도 하신 고마우신 보살님. 보살님은 그 두 달 반 동안 식사공양만 챙겨주신 게 아니라 불교를 알 수 있도록 일깨워 주신 스승이기도 했다. 내가 가장 힘들 때 고마운 보살님이 옆에 계셔 육체적, 정신적으로 많은 도움을 받았다. 어릴 적 엄마 손잡고 절에 따라다니기는 했었지만 지금은 아무것도 기억나는 것이 없던 내게 기도하는 법과 마음, 그리고 공양을 책임져주시던 보살님에게 지금도 너무 감사하게 생각한다.

처음 요양하던 절에서 기도를 하고 싶은데 어떻게 해야 하냐고 스님께 여쭤보니 간절하게 하면 된다고 하시길래 암 진단을 막 받고 난 뒤라 낫고 싶은 생각이 간절할진데도 간절함이 생기지 않아 기도는 해보지 못하고 오로지 새벽예불 후 스님께서 앉아서 하시던 좌선(참선)만 매일 따라했던 기억이 난다. 아프기 전부터 만약 내가 종교를 가지게 된다면 꼭 불교를 택할 거라 생각만 있었지 아는 것도 없고 스승도 없고 사찰에 나가지도 않았기에 배울 기회가 없었다. 하지만 두 번째 요양하러 간 사찰에서는 나도 모르게 간절함이 우러나오고 하루에 세 번은 꼭 예불을 드리니 어느덧 내게도 불심이 생기는 게 아닌가?

숲속의 조용한 그곳에서 예불, 기도, 공양, 운동을 매일 규칙적으로 하며 심신을 다스릴 수 있었다. 맛있는 음식을 만들어 주시는 공양주 보살님 덕에 잘 먹고 공기 좋고 도심과 다르게 일찍 잠자리에 들었던 그때의 생활이 지금도 넘넘 그립다. 동신영

지윤아!

그분이 오신다

산통과 암 수술을 뛰어넘는 고통을 이렇게 어려운 환경에서, 그것도 가족이 아닌 환우들로부터 간병을 받게 될 줄이야. 지친 몸은 지나나나 똑같을 텐데 내 일같이 함께해 주는 이 마음은 대체 어디서 오는 것일까?

아프다고 일일이 설명하지 않아도 서로 마음을 주고받고 보듬어줄 수 있는 사람들. 나와 같은 과정을 거친 그들이기에 모든 걸 이해해 주는, 이해할 수 있는 사람들. 남편에게도 보이기 싫은 수술자국도 거리낌 없이 보여줄 수 있는 사람. 그렇게 편하고 즐겁고 때론 행복하기도 한, 함께 있는 것만으로도 힘과 위로가 되는 사람들.

낭떠러지를 지나는 버스를 타고 10시간의 고행과 우여곡절 끝에 히말라야가 시작되는 관문인 샤부르베시에 도착했다. 히말라야 관문이라 웅장할 것이라 생각했는데 낮은 지붕의 목조 건물들이 자리 잡은 포근한 마을이다. 작은 산장 같은 건물 옆에는 웅장한 폭포가 굉음과 함께 이곳이 히말라야와 가까운 곳이라는 걸 대신 말해주고 있다. 랑탕은 신들의 산책로라 불린다는데 산책로 입구부터 절경이다.

　히말라야 등반의 첫 저녁식사에 우리모두 깜놀~ 음식솜씨는 상상 이상이다. 닭볶음탕에 깻잎, 깍두기, 무국, 갓김치, 파김치. 원, 세상에나! 집에서 먹는 것보다 더 진수성찬에 심심한 맛이, 한국인 요리사에게 전수받은 솜씨라곤 해도 웬만한 한국 주부보다 제내로 맛을 낸다. 등반 내내 식사시간을 기다리는 힘으로 버텼다 해도 과언이 아닐 것이다. 히말라야 완주의 공신 중 하나.

　우리의 요리를 담당한 쿡 '찬드라'는 애석하게도 귀가 거의 안 들린다고 한다. 마시막 날 저녁식사 시간에 노박사님은 찬드라의 음식 솜씨에 감동하셨다며 한국에 돌아가면 찬드라의 치료방법을 찾아보시겠다

고 약속하셨다.

첫날 방 배정에서 웃음천사 명자와 한 방을 썼다. 침낭을 이리 저리 뒤집어 보고 달러를 루피로 바꾸고 가방도 정리하고 내일부터 시작될 일정표도 살피고 잘 준비를 하는데 박경희 단장님이 고통스러운 얼굴을 하고 들어오신다. "지윤아~! 다리가 좀 이상하데이~ 좀 주물러 봐라." 아무래도 아까 버스에서 낭떠러지를 내려다보시면서 너무 웅크리고 오신 후유증인가보다. 이 팀에서 제일 연장자로, 또 단장님으로서 우리에게 폐를 끼칠까 출국 전 독일 따님 댁에 계실 때에도 하루 3~4시간씩 등반 훈련을 하고 관절염 주사까지 미리 맞고 오셨다고 했다. 우리 중 유일한 해외전지 훈련자다.ㅋㅋ 그런데 벼랑길 버스 타는 연습은 미처 못하셨나보다.

오늘은 본격적인 트레킹 첫날, 우리의 안전을 도와줄 셀파와 길을 안내할 가이드, 짐을 들어줄 포터들과 한 팀이 되어 산을 오르게 된다. 앞으로 샤워는 물론 머리도 못 감고 세수도 장담 못 한다 해서 오늘은

평소보다 좀 더 꼼꼼히 얼굴을 닦고 워밍업이라 생각해 '비스따리'를 뇌이며 걸었다. 한국에서부터 비행기로 7시간을 날아왔고 지상에서 버스로 2,000m 가까이 올라왔건만 풀과 나무, 농작물들이 우리가 보던 낯익은 것들이다. 이렇게 멀고 높고 인적도 없는데 농작물은 싱싱하고 고랑도 줄지어 반듯하게 정돈이 되어 있다. 신이 가꾸시나?

계곡이 웅장하게 변하는 곳에 만들어진 첫 번째 다리를 지나니 설산이 정면에 나타난다. 하얀 고깔보자를 푹 눌러 쓴, 한 치의 틈도 없이 새하얀 설산이 나를 보러 왔냐고 긴 팔을 벌려 환영해 준다. 꽃, 바람, 구름, 초원, 설산. 마치 영화 〈아바타〉에 나오는 원시림 속 원숭이가 이나무 저나무 옮겨 다니고 양서류 식물들이 촉촉하게 나무를 감싸고 있다. 길 양쪽에는 낯설지 않은 잔잔한 하얀 들꽃이 흐드러지게 피어 있다. 영국탐험대가 이곳을 발견한 게 1949년, 불과 60년 전이다. 그들이 아니면 이 아름다운 풍경이 묻힐 뻔했다는데 과연 그럴까? 자연은 원래 처음부터 거기에 있었지 발견된 게 아닌데. 암튼 그들 덕분에 관광객들에게는 감동, 이곳 사람들에게는 풍요로움을 더 해 준 것만은 틀림없을 것 같다. 이곳 현지인들이 생활을 하며 오고 갔던 길은 낯선 방문자인 우리가 걷기에도 아름답고 편안한 길이 되어 있다.

많은 외국 등반 객들을 만난 고라타벨라에서 점심을 하고 등반 첫 숙소인 라마호텔에 도착하기 두어 시간쯤 남겨두었을 때 단장님이 다리에 다시 쥐가 온 것 같다고 한다. 몇 시간 전 다리가 저리다 하셔서 응급조치로 파스를 붙여드렸는데 나아지지 않았나 보다. 마침 근처에 작은 롯지가 있어 거기에 짐을 풀고 단장님의 발을 주무르는데 쥐 정도가 아니라 쥐 군단이 몰려온다. 처음에는 종아리, 허벅지 그리고 다른 쪽 다리까지 쥐 군단이 떼로 몰려다니며 단장님의 작은 몸을 헤집고 다닌다. 온 몸을 쥐어짜는 고통으로 단장님은 무척 괴로워하면서노 낭신이 뭔래 이런 사람이 아니었노라며 왜 이러는지 모르겠다고 미안해하셨다. 오르내리던 외국인들까지 놀라 가지고 있던 비아그라, 진통제, 소화제 등 여러 약들을 다 먹이고 발가락을 꺾고 주무르고 바늘로 발과 손가락을 따고 할 수 있는 건 다 해봐도 나중엔 허리까지 뒤틀린다. 한대장님이 단장님 다리를 만졌다가 탁구공만한 근육들이 줄줄이 굴러다닌다며 놀라 뒤로 물러난다. 점점 해는 저물어 가고 도저히 우리들끼리는 어찌 할 수 없을 즈음 먼저 올라가셨던 박사님이 소식을 듣고 뛰어내려 오셨다. 응급조치를 하니 겨우 가라앉아 단장님과 명자와 나, 박사님만 이곳 롯

외국 전지훈련 출신자인 나, 박경희를 쓰
러트린 얄미운 쥐님이시여.

지에서 하루 머물고 일행들은 깜깜한 산길을 올라갔다.

좁고 바람이 숭숭 들어오는 롯지에서 명자와 나는 단장님의 양발
을 한 쪽씩 잡고 앉아 밤을 새웠다. 명자가 깜빡 졸아 잡고 있던 손이
느슨해지면 단장님이 조용히 말한다. "명자야~ 그분이 오신다." 명자
가 깜짝 놀라 얼른 다시 발을 잡으면 "지윤아~ 이번엔 그쪽으로 가신
다." 진정된 후에도 요놈이 요기조기를 찔러보고 다니나 보다. 옆방에
서 박사님 코고는 소리가 참 야속하게 평화롭다. 명자는 버스에서 자
신이 멀미를 해서 앞자리 단장님 무릎에 끼어 앉은 탓에 이일이 생겼
다며 다리를 주무르는 틈틈이 훌쩍인다. 이 상태로 남은 일정을 따라
가기엔 무리니 단장님 먼저 카트만두로 되돌아가 일행을 기다리라는
냉정한 박사님 말씀에 단장님은 근육통의 아픔보다 혼자 돌아갈 생각
에 쉽게 잠을 이루지 못하신다. 단장님의 숨소리가 커지는 것을 확인하
고 밖에 나가니 정수리 위로 찬란한 별빛이 내리 꽂히고 있었다. 깜짝
놀랐다. 별 벼락을 맞는 줄 알았다. 히말라야 첫날밤의 별벼락이다.

박사님과 명자, 나는 어둠이 채 가시지 않은 깜깜한 새벽길을 떠나
일행이 있는 곳으로 향했다. 롯지에 혼자 남게 된 단장님은 말도 안 통

하고 음식도 낯선 곳에 계실 생각에 불안하신지 떠나는 우리에게 여러
가지 당부를 하고 또 하신다. 흩어져있는 당신 물건을 모으라신다. 단
장님을 홀로 두고 가자니 발이 떨어지지 않는다. 하지만 일행들의 숙소
가 있는 라마호텔은 2,340m고도로, 잰 걸음으로 고도 500m를 따라
잡아야한다. "갈 사람이라도 빨리 가야지." 박사님의 채근이다. 평소에
는 부드러운 남자지만 수술실에서는 저렇게 냉정하실 것 같다는 생각
을 처음 했다. 김지윤

히말라야 산속에서 나를 찾아온 쥐. 지금껏 몸 여기저기 쥐가 나
곤해도 금방 사라지길래 무심히 지나쳤는데 이렇게 심하게 온몸에 근
육통이 올 줄은 정말이지 몰랐다. 난 산고도 비교적 쉽게 치루며 아이
3명을 모두 1시간 정도 진통을 겪고 낳았기에 출산의 고통도 내 기억엔
없다. 한숨 자고나니 내 왼쪽 가슴이 절제됐지만 통증은 전혀 없었기
에 암 수술의 고통은 더더욱 모른다. 제일 아프고 무서운 건 치과에 가
는 것이라고나 할까? 그렇게 건강했던 내가 다리의 근육통에는 정말이
지 온몸을 뒤틀 수밖에 없었다.

지윤이랑 명자가 나의 발을 한쪽씩 붙들고 좁은 방에 쪼그리고 앉
아 밤새 주물렀다. 두 동생도 히말라야에 온 첫날이라 지쳐 있을 텐데.
하지만 그런 내 맘과는 반대로 조금만 뒤척이면 근육이 마치 살아 있
는 것처럼 이쪽저쪽 통증이 몰려온다. 지윤이와 명자에게 미안한 마음

히말라야 밤하늘의 별보다 더 아름답고 고마운 내 동생들.

이 들어 최대한 참아보려 해도 정말 어찌나 아픈지. 하지만 그 참을 수 없는 통증에서도 고마웠던 건 내발을 잡고 졸던 지윤이와 명자가 내가 조금만 움찔해도 "언니, 어디야 어디야." 외치며 보살펴 준 그 마음이다. "지윤아, 화장실 가고 싶은데 어쩌지?" 했을 때도 "언니, 춥고 어두운데 괜찮을까? 걸을 수는 있어?" 오히려 걱정스럽게 되묻던 아우들. 부축을 받으며 찬바람 부는 밖으로 나왔다. "언니, 아무데서나 볼일 보자, 또 아프면 어떡해." 걱정스럽게 물었는데도 나는 고집스럽게 화장실을 찾았다. 겹겹이 입었던 바지를 어렵게 내리고 앉을 수도 설수도 없는 엉거주춤한 폼으로 소변을 보는데 그때 무심히 쳐다본 밤하늘의 별이 얼마나 아름답운지. 그 와중에도 화장실 앞에서 나를 지키고 섰던 아이들에게 "애들아, 별 봐." 아픈 다리와 엉거주춤 폼도 잊은 채 소리를 질렀다.

산통과 암 수술을 뛰어넘는 고통을 이렇게 어려운 환경에서, 그것도 가족이 아닌 환우들로부터 간병을 받게 될 줄이야. 지친 몸은 지나나나 똑같을 텐데 내 일같이 함께해 주는 이 마음은 대체 어디서 오는 것일까? 암을 앓아보지 않은 사람은 절대 암 환자를 이해 할 수 없듯이 동병상련의 아픔을 함께한 아련한 마음에서 오는 것일까?

유방암 환우들이 유방암 치료 후 잃은 것보다 얻은 것이 더 많다고 모두들 입을 모아 이야기 할 수 있는 것은 가족 이외에 인생의 동반자를 만나서가 아닐까? 특별한 인연으로 만나 히말라야까지 함께 다녀온 친구들에게 감사의 마음을, 밤하늘의 별을 함께 볼 수 있어 행복했다는 말을 전하고 싶다.

참, 생각해보면 재미있는 사건도 많았다. 등반할 때 우리는 그냥 앞에 걷는 사람들을 따라 계속 걸었다. 그런데 어느 순간 보이던 사람들이 보이지 않고 양 갈래 길이 나왔다. 우리들끼리 어디로 가야하나 망설이며 떠들고 있는데 지나가는 풍경들 하나하나 살펴며 감탄사를 연발하던 종숙 씨가 발밑을 가리킨다. "어? 여기 표시한 거, 이게 그건가?" 그 말에 모두들 종숙 씨가 가리키는 땅을 쳐다보니 작은 돌들이 모여 화살표로 방향표시가 되어있다. 앞서가던 우리 팀 사람들이 뒤따라오는 우리들을 위해 '아줌마식 표시'를 한 것이다. 이 원시적인 방법이 히말라야 산과 얼마나 잘 어울리는가? 그 다음부터는 우리도 우리 뒤에 오는 일행들을 위해 돌로 화살표를 만들기도 하고 '누구는 바보, 메롱~'을 써 놓고 그들이 우리가 표시한 걸 못 보면 어쩌나 힐끔 힐끔 돌아보며 걷던 산길은 또 얼마나 정겹고 즐거웠던가? 웃고 떠들던 꾸불꼬불 히말라야 산길. 힘들고 힘들었던 히말라야인 줄로만 알았는데 지금 생각해보니 이런 재미도 있었네 그냐. 하긴 이 사건을 잊어버리면 히말라야에 대한 예의가 아니지, 안 그런가?

단장님의 근육통을 잠재우기 위해 일행들을 먼저 보내고 노박사님과 지윤 언니와 나는 외딴 롯지에서 일박을 했다. 단장님의 하산명령이 내려지고 노박사님과 지윤 언니, 나는 랜턴을 켜고 일행이 있는 곳을 향해 새벽산행을 출발했다. 홀로 남겨진 단장님이 속히 회복되어 제발 우리와 함께 완주할 수 있길 기도하고 또 기도했다. 산행 둘째 날은 이렇게 몸도 마음도 힘겹게 시작했지만 우리들끼리 사진도 찍고 웃으며 걷다 뛰다시피 해서 일행이 묵고 있는 롯지에 겨우 도착했다. 일행과 만나 다시 함께 출발! 랑탕 코스는 지루하지 않다. 히말라야 대자연과 어우러진 우리들의 모습이 아름다워 카메라에 담고 시원한 물소리를 마음에 녹음했다.

해발 2,300m쯤 지났을까? 어제만 해도 랑탕계곡을 보며 탄성을 지르고 카메라 셔터도 눌러대며 통통거리고 앞서가던 나였는데 머리가 띵~하기 시작하더니 두통과 함께 눈알이 아파왔다. 가슴이 답답하고 호흡하기 힘들고 속도 메슥거렸다. 계속 토해 봐도 기운만 빠질 뿐 나아지지 않는다. 기력도 의욕도 점점 떨어지고 말할 힘도 없어지는, 무어라 형용할 수 없는 무기력증이었다. '아! 이게 고산병 증세인가보다.' 해

발 4,000m이상 고도에서는 공기 중 산소의 양이 지상의 60%밖에 되지 않는다고 하는데 고산병은 그 이유인 것 같다. 겨우 산행 2일차고 우리가 올라갈 체르코리는 해발 5,003m. 이제 시작이고 갈 길이 먼데 큰일났다는 생각이 들었다. 지윤 언니도 힘들어 보이는데 그래도 언니라고 내 걱정만 한다. 점점 팀에 민폐 끼칠까 걱정이 되기 시작한다. 돌아가? 하지만 돌아가는 길은 더 힘들 것 같다. 어떻게 도전한 건데, 안 돼, 절대 돌아갈 수 없어! 마음은 그러한데 몸이 말을 듣지 않는다. 아, 어떡해야 하지?

　한왕용 대장님은 선두를 맡아 출발하시고 최주환 대장님은 나와 함께 남았다. 대장님은 쓰러져 일어날 기미도 안 보이는 나를 안쓰럽다는 듯 가끔 쳐다보실 뿐 말없이 앉아있다. 미안함이 가득했으나 어쩔 도리가 없다. '히말라야를 한두 번 오신 것도 아닌 양반이 이럴 땐 어떡해야 하는지 가르쳐주고 도와주면 안 되나?' 넘 힘드니 야속한 생각도 스친다. 그 순간, 최대장님이 밀크티를 한 잔 들고 오신다. '앗! 내 생각을 들켰어, 무서운 양반?' 밀크티를 약처럼 삼킨다. 그리곤 정신을 잃었는지 시간이 얼마나 흘렀는지 알 수 없었지만 도란도란 말소리가 들려왔다. 몸을 꿈틀거려 보았다. 쓰러졌던 내 생각들도 꿈틀꿈틀 깨어났다. '아~ 살아있구나!' '꿈틀'은 '꿈을 향해 꿈틀'댄다는 아들의 별명인데 아들을 생각하니 정신이 번쩍, 눈이 번쩍 떠졌다. 전기불이 켜지듯 세상이 환해지고 힘이 생긴다.

13년 전 어린 아들과 네팔에 왔을 때 배웠던 네팔민요가 생각나 불러보고 싶어졌다. 모여 있는 사람들과 함께 노래를 부르기 시작했다. 최대장님께선 누워있던 내가 일어나 노래를 불러대니 '이제 살아났군' 하는 눈빛으로 빙그레 웃으신다. 특별히 약도 없다는 고산병. 그저 산의 높이에 몸을 적응시키는 것 외에는 방법이 없다 한다. 최대장님은 그걸 아셨기에 그냥 말없이 기다려 주셨나보다. 다시 천천히 걷기 시작했다. 랑탕계곡, 고산마을엔 어느새 어둠이 내리기 시작했다. 우리 팀 '고산병1호'인 나는 어두워진 길을 '비스따리, 비스따리~' 걸어 롯지에 도착했다. 가이드인 크리스티나가 뜨거운 차를 들고 마중 나왔고 언니, 동생들이 박수치고 안아주며 큰일이라도 하고 돌아온 것처럼 환영해주었다. 이제 살았어, 난 돌아왔어.

롯지에는 우리 팀과 프랑스 트래커들이 자리 잡았는데 난 늦게 도착한 미안함을 노래로 보답하자고 했다. 김명자와 지윤 언니, 병림 언

고산병 환자가 맞나 싶게 그날 저녁 내 댄스스텝은 발이 보이질 않을 정도로 흥겨웠다.

니, 이렇게 세 자매의 공연이 시작됐다. "래썸 삐리리~ 래썸 삐리리♫ 우래라 쟈우끼 다담마 반쩡~ 래썸 삐리리♫" 코리안시스터즈가 어깨를 들썩, 고개를 까딱하며 네팔민요를 부르니 사람들의 박수가 쏟아졌고 네팔 포터가 일어나 춤을 추기 시작하자 사람들의 환호성이 터져나오고 웃음바다가 되었다. '래썸삐리리'는 자동 앙코르곡이 되니, 흥에 겨운 난 고산병도 잊고 나도 모르게 앞으로 나가 네팔 포터와 춤을 추기 시작했다. 노래를 마치자 이번엔 프랑스 트래커들도 한 곡 하겠단다. 프랑스 말을 모르니 무슨 뜻인지는 모르겠으나 리듬에 맞춰 박수를 쳤다. 이번엔 우리가 다시 받아 '아리랑'을 부르고 나는 아리랑에 맞춰 덩실덩실 춤을 췄다. 신바람 난 우리들의 댄스 배틀! 서로 말은 안통하지만 서로의 웃는 얼굴, 웃음소리, 몸짓을 보며 즐거움으로 하나되는 시간이었다. 나는 가지고간 스마일스티커를 프랑스인들에게 나눠

춤추고 노래하고 웃고 친해진 외국인들. 웃음은 만국공통어인가 보다.

줬고 그들은 그걸 수첩 속에 간직하는 것을 보았다. 그들도 나중에 이 시간을 추억하며 얘기하겠지. 세계 공통어는 영어가 아닌 웃음이다. 웃으면 마음이 즐겁고 삶이 즐겁다.

노래하며 춤추고 웃다보니 '어? 나를 꼼짝 못하게 했던 고산병은 어디로 간 거지? 하루 종일 쌓인 피로는 다 어디로 간 걸까?' 어느새 고산병은 온데간데없이 사라졌다. "누가 명자 씨보고 고산병이라고 한 거야? 고산병인 사람이 그렇게 웃고 노래하고 춤추며 잘 노나?" 박 사님의 위트 있는 일격에 우리는 또 한번 웃었다. 고산병은 약이 없다. 단 하나 있다면 산 높이에 몸을 맞추는 기다림과 웃음 정도? 합창단답게 노래와 춤으로 웃음꽃을 피웠고 모두 행복한 표정으로 잠자리로 들었다. 덕분에 고산병1호 환자 김명자는 그날 밤 단잠을 잤다. 🔵김명자

내가 만든 맛있는 파이 한 조각과
맛있는 말 한 마디의 힘

유방암! 그것도 양쪽유방을 모두 절제해야 한다는 최종통보를 의사로부터 직접 들었다. 보호자 없이 나 혼자 가서 말이다! 내가 암이라고? 양쪽을 한꺼번에 다? 순간 하늘이 무너지는 것 같고 몸은 휘청거렸다. 남편에게 전화를 거니 전원이 꺼져있다. 병원 화장실로 뛰어가 혼자 한참을 울었다. 그 순간 나는 철저하게 혼자였다. 지금 내 곁에 아무도 없다는 외로움과 암에 대한 무지와 죽음이라는 두 글자가 두려움으로 엄습해왔다. 하늘을 올려다봤다. 시월의 높푸른 가을하늘, 아름다운 하늘을 감상할 사이도 없이 갑자기 하늘이 물에 잠겼다. 그 물이 넘쳐 비가 되어 내 가슴을 흥건하게 적신다. 하늘도 고장났나 봐!

어떻게 집까지 왔는지 모르겠다. 익숙한 남편의 얼굴을 보자 나도 모르게 눈물이 터져 나온다. 남편도 할 말을 잃었다. 엄마가 울고 아빠도 우니 9살이던 어린 아들은 영문도 모르고 따라 운다. 셋이서 부둥켜안고 울다가 말했다. "지금부터 내가 하는 말 잘 들어요. 나 이제 수술하고 나면 어떻게 될지 몰라. 지금까지 내가 당신을 도와줬으니 이제는 당신이 나를 도와줘요. 아들, 이제부턴 엄마가 너를 도와줄 수 없을 거야. 이젠 뭐든지 스스로 해야 돼. 엄마 좀 도와줘. 그리고 두 사람, 앞으로 절대 아프면 안 돼. 건강도 스스로 잘 챙겨줘. 이집에서 아픈 사람은 나 하나로 족해. 아프기만 해봐, 내 손에 먼저 죽는다." 일명 암수술을 앞둔 대책회의였다. 아니, 날벼락 통보, 엄포였다. 난 그날 이후 수술을 앞두고 준비를 했다. 집안 청소, 밑반찬 준비, 살림살이 인수인계. 어린 아들을 위해 유언까지도 써 두었다. 내가 만약 죽을 때를 대비해 가족을 위한 만반의 준비를 했다. 하지만 막상 수술을 받는 나를 위한 준비는 하지도 않았다. 수술대 위에 오를 사람이 필요할 게 뭐있어? 가족과 자식 걱정만 했지 정작 수술 후 나는 어떻게 되는 건지, 나를 위해 뭘 준비해야 하는지는 정말 몰랐다.

수술 당일, 노동영 박사님이 오시자 나도 모르게 침대에서 벌떡 일어섰다. 내 생명을 만져주실 의사선생님께 큰절을 올렸다. "왜이래, 왜이래? 잘될 거야, 걱정 마요." 큰 절을 올리느라 휘청거리는 나와 흔들리는 내 침대, 내 마음을 동시에 붙잡아 주셨다. 눈을 감고 마지막 찬송을 불렀다. "나 주의 믿음 갖고 홀로 걸어도……." 박사님은 나의 이런 모습을 가만히 지켜보시다 "자, 이제 시작할까요?"라고 물으셨고 숨을 두 번 쉬었나? 나는 정신을 잃었다. 생각해보니 히말라야에서 고산병으로 쓰러졌을 때 나는 수술직전 이순간이 생각났다.

마취에서 깨어 보니 수술 전과 후의 세상은 달라져 있었다. 멀쩡하게 내발로 걸어 들어왔는데 가슴 양쪽을 잘라내 둘둘 싸매고 양팔까지 고정해 묶어놓으니 혼자서 일어나지도 눕지도 못하고 밥 한 숟가락도 떠 넣을 수 없는 신세가 참담했다. 양치질을 할 수가 있나? 화장실을 맘대로 갈수 있나? 아주 기본적인 생활도 혼자 못하는 예기치 못한 상황에 부딪쳤다. 왜 이 생각을 못했지? 그러고 보니 유방암이 뭔지, 수술 후엔 어떤 상황이 되는지, 일상 생활은 어떻게 해야 하는지, 어떤 과정을 거쳐 회복하는지 하나도 모르고 있는 나를 발견했다. 가족들을 위해선 그렇게 철저하게 준비해 놓고 날 위해선 뭘 준비한 거니? 아는 게 없고 막막했다. 병간호 해줄 사람도 구하지 않은 채 입원한 나는 꼼짝도 못하고 누워 있었다. 남편이 제일 편한데 역시나 바쁘단다. 주변에서 남편의 병간호를 받는 사람이 제일 부러웠다. 할 수 없이 후배가 자신의 어린자녀 둘을 남에게 맡기고 내 곁을 지켜 주었다.

아무것도 할 수 없는 막막한 상황이 되어서야 느꼈다. 지금 알고 있는 것을 그때 알았더라면 얼마나 좋았을까? 그랬다면 병원 생활과 투병 생활, 회복기간도 훨씬 수월하게 넘어가고, 그 기간을 좀 더 즐길 수 있었을 텐데. 가족을 위한 준비만 했지 정작 내가 진단받은 유방암에 대한 상식도 없었고 수술 후 어떤 일들이 펼쳐질 것인지, 어떻게 이겨낼지에 대한 공부와 준비는 안 한 것이다. 나 자신을 위한 준비한 것이라곤 성경 테이프 뿐이었다.

유방암 때문에 놀란 후에야, 내 삶을 놓치고 살아 온 내 자신을 들여다보았다. '나는 누구지?'『인생수업』에서 '삶은 파이와 같다'고 말한 것처럼 시댁, 남편, 아들, 직장, 교회, 친구……. 그들에게 내 삶을 한 조각씩 나누어주다 꼼짝 못하고 누워서야 내 몫으로 남은 '파이' 한 조각을 찾아보았다. 결국 내가 건강하고 행복해야 모두가 행복한 것이라는 것을 깨달았다. 그 후 나는 '나의 유방암'에 대해 열심히 공부하고 나를 위해, 더 많은 파이를 나누어주기 위해 준비하기 시작했다. 자, 이제부터 김명자의 파이를 한 입 드셔보시지 않겠어요? **김명자**

유방암 수술을 받고 8일 만에 집으로 돌아왔는데 아무도 날 도와줄 사람이 없다. 남편과 딸아이는 직장으로, 막내아들은 학교로 가고 나니 집안에 혼자 남은 나는 외롭고 힘들다. 더구나 수술한 쪽이 오른쪽이라 오른손잡이인 나는 아무것도 할 수가 없는데 왜 배는 또 그리 자주 고픈 건지. 가족들이 돌아오기만을 기다리다 식구들이 돌아왔는데 모두들 나만 바라보고 있다. 기가 막혔다. 속에선 화가 치미는데 참고 있으려니 진땀이 다 난다. 왜 난 그동안 가족들에게 밥하는 것조차 가르치지 못 했나 원망에 원망이 자꾸 솟구친다. 어쩔 수 없이 아픈 몸으로 밥하고 청소하고 집안일하며 며칠을 견디다 참다못해 버럭 화를 내고 울음을 보였는데 그때서야 우리 딸, 몇 가지 반찬을 사들고 들어온다. 또 기가 막혔다. 가사도우미도 불렀으나 사정상 결국 스스로 집안일을 해야 했다. 모든 것이 섭섭하기만 하다. 남편이란 사람은 어쩔 줄 몰라 퇴근길에 내가 좋아하던 빵만 한 보따리 사들고 온다.

　그렇게 그럭저럭 한 달을 견뎌내니 이제부터는 방사선치료를 받아야 한단다. 남들은 항암주사치료가 힘들었다던데 나는 얼마나 다행이야 스스로 위로하며 매일매일 전철을 타고 병원을 찾았다. 남들은 방사선치료가 아무렇지 않다는데 난 수술부위가 빨갛게 부어오르고 물집도 생기고 어지럽고 메스껍고 피로하고 힘들었다. 그렇게 예정된 방사선치료도 거의 끝나갈 무렵, 고등학교 동창들과 짧은 여행을 가게 되었다. 우리들은 일 년에 두 번씩 여행을 떠나 우정을 키워가고 있었다. 여행을 떠나는 그날은 아침부터 저녁까지 방배동 우리 집에서 병원이 있는 혜화까지, 한 번은 방사선치료를 위해 또 한 번은 아픈 팔을 위해 시술을 받기 위해 왔다 갔다 또 갔다 왔다. 집에 와서는 여행 짐을 싸고 식구들 먹을 것도 준비하며 바쁘게 보냈다. 시간에 쫓겨 하루 종일 아무것도 먹지 못해도 그저 친구들과 떠나는 여행이 너무 좋아서 흥분되었나 보다.

드디어 여행을 떠나는 날, 오랜만에 친구들을 만났지만 '아픈 건 좀 어떠니'라고 손잡아 위로해줄 줄 알았는데 여느 때와 다를 게 없고 전염병 환자 만난 듯 어색한 표정들이다. 나의 자격지심일까? 왠지 마음이 아파온다. 하루 종일 굶어 지치고 배는 고픈데 밥상에 오른 장어구이를 보니 속이 메스꺼워 토할 것 같은 느낌이 들어 맛있던 저녁상이 그림의 떡이 되어버렸다. 친구들이 웃고 떠들며 맛있게 먹는 모습이 참 아름다워 보이고 한편으론 그들이 부럽기도 했다. 나도 저렇게 건강했는데 갑자기 유방암이라니 가슴이 메어온다.

몸도 춥고 오한이 나기 시작했다. 따로 방을 하나 더 얻어 혼자 누워 있다 참기 힘들 정도로 열이 오르면 쌀쌀한 밖에 잠시 나갔다 들어왔다 하며 홀로 앓고 있었다. 기분 전환하자고 떠난 여행인데 오히려 외로움이 한없이 밀려왔다. 인생이란 어차피 나 혼자 가는 길이구나를 실감하며 견뎌냈다. 잠은 오지 않고 열도 오르니 병원에서 열이 나면 언제든 병원으로 오라는 당부를 들었던 기억이 난다. 하필 그해는 신종플루가 대한민국을 떠들썩하게 하던 때여서 더더욱 걱정이 되었다. 친구들의 흥을 깰까 싶어 홀로 방에 있던 나는 외로운 마음에 친구들이 한 번 쯤 방문을 열고 살펴봐주길 바랬던 것 같기도 하다. 뜬 눈으로 밤을 지샌 나는 섭섭한 마음이 너무 컸던 탓일까? 그날 이후로 그 모임에 잘 나가지 않게 되었다.

그 일이 있고나서 서울대학병원 유방암 환우모임과 '한국유방암환
우회합창단'에 가입해 지금까지 꾸준히, 맘 편하게 활동 중이다. 내가
아프다고 일일이 설명하지 않아도 서로 마음을 주고받고 보듬어줄 수
있는 사람들. 나와 같은 과정을 거친 그들이기에 모든 걸 이해해주는,
이해할 수 있는 사람들. 남편에게도 보이기 싫은 수술자국도 거리낌 없
이 보여줄 수 있는 사람들. 그렇게 편하고 즐겁고 때론 행복하기도 한,
함께 있는 것만으로도 힘과 위로가 되는 사람들. 그들이 있어 난 오늘
도 힘차게 내일을 기대하며 살아가고 있다.

시간이 많이 흐른 지금은 그 친구들을 이해하고 그 마음을 알 것
도 같다. 환우 언니가 말하길 그녀들은 어떻게 말을 건네야 할지 잘 모
르고 어색해, 혹시 자신들이 하는 말들이 상처가 될까 주저해 말을 하
지 못하는 것이라고 했다. 내 친구들도 그런 마음이었을 것이다. 하지
만 친구들을 향해 말하고 싶다. 친구가 아프고 힘들 때 무슨 말로 위로
할까 고민하지도, 어색해하지 말고 평소 하던 대로 손 한번 잡아주고
등 한번 두드려주며 "잘 지내지?" "다 지나 갈 거야, 힘내고 잘 견뎌야
돼, 그래야 내 친구지." 얼마나 힘이 되고 위로가 되는 정겨운 말들이
많은지 한번쯤 생각해 주면 어떨까? 이갑녀

드디어(?) 항암주사를 맞으러 가는 첫날. 그렇게 힘들고 고통스럽

다는 항암주사치료를 받아야 한다는 생각에 마음을 진정시키려 해도 불안함이 가시지 않는다. 항암주사의 고통을 주변 환우들에게서 얼마나 많이 들었던가? 평소 화장을 하지 않으면 외출도 하지 않지만 이번에는 특히 더 신경을 써서 화사하게 화장을 했다. 다른 사람들에게 환자로 보이고 싶지 않았기 때문이다.

아침 일찍 병원에 도착했는데도 가발을 쓴 여자, 모자를 쓴 이들, 빡빡머리 환우들이 항암주사를 꽂고 누워있는 모습을 보는 순간 너무도 안쓰럽고 나는 두려워졌다. 겁에 잔뜩 질렸지만 가슴을 쓸며 마음속으로 다짐했다. '그래도 나는 죽지 않고 살아 있잖아! 이것쯤이야 이겨낼 수 있고, 이겨내겠지.' 다행히 편안하게 주사를 맞았고 밀려있던 숙제 하나 끝냈구나 하는 홀가분한 느낌이었다. 남편은 대기실 밖에서 내 가방을 꼭 안고 많은 보호자들 사이에서 어색하고 불안하고 지루한 듯 날 기다리고 있었다. 1시간 30분 동안의 치료를 마치고 병원을 나서자마자 남편은 기다렸다는 듯 묻는다. "점심은 뭘 먹을까? 골고루 먹어야 하는데, 백운호수로 갈까?" 아마도 나를 기다리는 동안 맛있는 걸 먹고 힘을 내야 한다고 생각했었나 보다. 우린 연예인이 운영하는 한식집을 찾아갔다. 차례를 기다려 드디어 좋아하는 음식이 테이블 한가득 차려졌다. 왠지 새 힘이 날 것만 같은 기분이다. 남편과 오랜만에 수다도 떨고 최진희 씨와 인사도 나눴다. 평소 좋아하는 가수와 인사도 하고 음식도 맛있었던지라 항암주사치료로 불안했던 내 마음이 한 순간에 즐거워졌다. 남편은 '이제 다시는 아프지 마'라고 거듭 당부를 한다. 아마도 뜻밖의 내 모습을 보니 측은한 마음이 들었나 보다.

그날 밤 항암주사의 부작용이 나타났는데 열과 통증으로 온 몸은 땀범벅이 되고 고통스러웠다. 말로만 듣던 항암주사의 부작용을 처음 겪고 나니 항암주사와 맛있는 음식, 모두 나에게 도움이 되는 것들인데 주사실 앞에서 불안한 마음으로 떨고 있던 나와, 음식을 기다리며 들떠 있던 내 마음이 달랐다는 생각이 들었다. 결국 어떻게 마음먹고 받아들이느냐에 따라 공포스럽게도, 또 즐겁게도 느낄 수 있지 않을까? 생각한 뒤로는 생각을 달리 해 항암주사치료 후 미식거릴 때마다 좋아하던 매콤한 아귀찜을 수시로 배달시켜 먹다보니 이제는 쳐다보기조차 싫은 아귀찜이 되었다.

자존심하나로 담담한 척 하고 있었지만 빠지는 머리카락 앞에선 나라고 별수 없다. 드라마에서나 나오는 일이 내게도 일어나는데 언제까지 담담한 채 해야 하는 걸까? 몇 년 전 유방암 수술을 받았다는 친구는 머리카락이 빠지는 것을 견디지 못해 우울증까지 왔다는데 난 어떻게 하지? 고민하던 중 미용기술을 가진 친구에게 바리캉을 가지고 와 달라고 해 내 머리카락을 전부 밀어 줄 것을 부탁했다. 약한 모습을 보이지 않기로 몇 번이나 다짐했었는데 그 순간에는 나도 울컥하고 말았다. 친구는 손을 바들바들 떨며 내 머리를 밀면서도 괜찮은지 재차 물었다. "얼른 밀어버려야 새머리가 다시 나지 않을까?" 애써 웃어보였다. 그렇게 빡빡 머리를 하고도 웃음을 잃지 않던 과거의 나에게 상이라도 주고 싶다. 친구는 그런 내 모습이 안쓰러웠는지 내가 좋아하는 연두색 뜨게 실로 예쁜 모자를 짜서 그날 저녁 다시 찾아왔다. 손재주가 좋은 친구는 모자에 리본까지 만들어 나에게 씌워줬다. 저녁에 들어온 남편은 내 모습을 보고 깜짝 놀란 표정이다. 애써 '머리를 밀면 새로운 머리카락이 빨리 난대' 웃어 보였다.

며칠 뒤 내게 잘 어울리는 예쁜 가발을 샀다. 처음에는 낯설고 티가 날까 걱정했는데 사람들이 어디를 가든 너무 예쁘다며 어느 미용실에서 했느냐고 묻기까지 했다. 친구네 미용실엘 가서도 손님 중 한 명이 '꼭 저 헤어스타일로 해 달라'는 웃지 못 할 에피소드도 있었다. 그해 명절에는 그 가발을 쓰고 가족사진도 찍었다. 지금 생각해보면 그 가발이 나를 돋보이게 만들어 준 왕관은 아니었을까? 밀어버린 머리를 가리기 위해 쓸 수밖에 없었던, 그러면서도 행여 남들이 알아볼까 걱정하던 가발이 정작 나를 더 돋보이게 하는 왕관 말이다. 지금도 머리 손질하기 귀찮을 때면 멋지게 파마를 한 그때의 그 가발로 멋을 낸다. 가발은 그 이후로도 내 소중한 액세서리가 되었다.

항암주사치료 후 방사선치료를 받게 되었는데 그때는 혼자 다닐 수밖에 없었다. 친구는 두려워하는 나에게 상황을 즐기라며 지하철을 달리는 도서관으로 만들라 했다. 그 말이 마음에 와 닿았다. 그날부터 가방에 책 한 권 넣고 물과 MP3를 넣고 지하철을 탔다. 여름인데도 지하철 안은 시원하고 음악은 날 기쁘게 했다. 그렇게 즐기며 방사선치료를 무사히 끝냈을 땐 『세종대왕』 5권을 읽고 좋아하는 팝송도 실컷 들었다. 분명 떨어지면 올라가는 게 이치인 것을, 기다림과 시간의 흐름이 곧 다시 옴을 누구도 막을 수 없는 일인 것이다. 어김없이 내일이면 또 나를 찾아줄 이웃들, 친구들, 가족들……. 나는 그들과 함께 그저 씩씩하고 즐겁게 이 현실을 딛고 일어서야 한다. 억지로가 아닌 진짜 즐거운 지금의 나로 말이다. 윤종숙

나만의
걸음의 속도를

알아야 한다

이 거친 산을 통해 우리는 빠르면 빠른 대로, 느리면 느린 대로 자신만의 걸음과 호흡, 감정을 알 수 있었고 결국 나만의 히말라야에 오를 수 있었다. 우린 히말라야의 일정도 함께, 유방암의 고통과 기쁨도 함께 나누며 완주했다.

몸 안에 들어온 암세포가 사람마다 제각각이고 우리들 몸 조건도 다 다르다. 인간의 불행도 남과 비교할 때 비로소 시작된다고 했다. 다른 사람의 인생과 비교하지 않고 현재의 나로서 자족하고 현재의 위치에서 최대치를 구하며 살아가야 한다는 것을 우리들은 그 힘든 치료과정을 통해 몸소 체득했다.

여기 각기 다른 걸음의 속도로 히말라야를 오른 세 사람이 있다. 첫 번째 사람은 다리의 근육통으로 첫날 등반을 포기하고 롯지에 머물러 계시던 박경희 단장님. 천지 구분도 안 되는 새벽에 환갑어린애를 홀로 두고 오는 마음이 내내 무거웠는데 이틀 째 되던 날, 단장님은 기적처럼 우리 곁에 오셨다. 홀로 몸을 추스르고 하루가 지난 뒤 생각하니 되돌아가는 길보다 우리를 따라가는 쪽에 더 끌리셨단다. 우리 9명에서 한 명 빠지면 8명, 당신으로 인해 미완성 그림이 되게 할 수 없다는 생각에 이틀에 걸쳐 '천천히, 비스따리' 하며 우리를 따라오셨다. 만세!!! 우리 모두 환호성을 지르며 눈물바다가 되어 반겼다. 춘향과 이몽룡이 만났을 때 이러했을까? 정상에 섰을 때보다 우리가 다시 9이 되었을 때 더 기뻤던 것 같다.

　두 번째 사람은 우리를 위해 식사준비를 하는 쿡, 찬드라. 그들이 차려준 밥을 맛있게 싹싹 비우면 그들은 서둘러 음식재료를 바리바리 싸들고 우리보다 먼저 뛰어올라가 다시 식사를 준비하는 사람. 히말라야를 완주하는 동안 에너지를 공급한 1등 공신이 아닐 수 없다.

미스터리한 세 발걸음들이 히말라야를 걸었다. 박경희 단장님과 쿡과 병림 언니.

　　마지막 사람은 히말라야의 처음부터 끝까지 지친기색 없이 선두에
서서 지친 사람들에게 물과 간식을 챙겨준 병림 언니. 히말라야 랑탕-
코사인쿤드 코스의 정상을 우리 중 유일하게 고산병도 없이 오른 사람.
우리가 고산병으로 하나둘 쓰러져 갈 때 호흡, 눈빛의 흔들림도 없이
에너지 젤과 핫초코를 먹고 우리들에게도 권했다. 멀리서 노박사님이
그녀의 음식공세를 애써 외면하는 것을 보니 박사님도 고산병을 만나
셨구나. 고산병마저 비켜가는 저 강한 체력은 대체 어디서 오는 걸까?
신기하고 부럽고 심지어 얄밉기까지 했다. 30년 전부터 등산과 수영,
사이클로 다져온 체력과 교과서처럼 고산병 예방 수칙을 지킨 탓 같다.
하루에 물 3ℓ 마시기, 체력 떨어지기 전 간식 먹기, 보폭 지키기 등등.
나도 따라쟁이가 되려 했지만 평소 습관으로 다져진 언니와는 달리 그
많은 양의 물을 갑자기 마시기에는 정말 고역이었다.

우리 중 유일하게 고산병이 없던 병림 언니. 박사님마저 혀를 내둘렀다. 비결이 뭐유?

난 걸음이 빠르지 않아 처음부터 끝 쪽에서 걸었다. 처음부터 끝까지 그 걸음으로 걸었는데 하산 즈음에는 중간 쪽에서 걷고 있었다. 한국에선 등산대장으로 많은 대원을 선두에서 이끌던 순영 씨, 광재 언니, 갑녀 언니, 신영 씨도 고산병과 부상, 체력저하 등으로 일정이 지날수록 점점 걸음이 느려졌다. 오히려 첫날 뒤쳐졌던 박경희 단장님은 합류한 내내 꾸준히 자신만의 걸음으로 행렬의 허리를 든든히 지켜주셨다. 이 거친 산을 통해 우리는 빠르면 빠른 대로, 느리면 느린 대로 자신만의 걸음과 호흡, 감정을 알 수 있었고 결국 나만의 히말라야에 오를 수 있었다. 우린 히말라야의 일정도 함께, 유방암의 고통과 기쁨도 함께 나누며 완주했다. 유방암으로 남들보다 더 아프고 괴로웠지만 그래서 지금의 시간을 더 알차고 값지게 느낄 수 있는 것은 아닐까? 지금도 가끔, 하산하던 그날을 생각한다. 행복은 만들어 가는 과정이지 빨

리 도달하는 것은 아니라고 느끼며 걷는 그날을 말이다. 김지윤

어차피 인생은 혼자다. 마음이 아프고 몸이 아파도 위로와 격려의 말이 조금은 도움이 되겠지만 결국 본인의 의지와 결정, 자신이 감당해야 할 몫인 것 같다. 지대가 높은 산에 올라가면 산소가 희박해져 고산병을 겪고 고생을 많이 한다는데 나는 출발 전부터 괜스레 고산병으로 고생할 것 같다는 막연한 두려움과 걱정이 앞섰다. 첫째 날은 큰 무리 없이 오를 수 있었으나 둘째 날은 점점 다리 힘이 빠지면서 걸음이 느려지더니 새벽부터 초조한 마음으로 오르기 시작한 셋째 날에는 머릿속에 맴도는 고산병에 대한 걱정을 잊기 위해 있는 힘을 다해 걷고 또 걸었지만 결국 고산병이 생기고야 말았다. 숨이 차고 가슴은 터질 것 같고 머리는 아프고 다리는 힘이 빠지고 계속 토하고 발이 떨어지지 않는다. '어찌해야 할까? 지금까지 산에 오르면 꼭 정상은 밟고 와야 직성이 풀리고 성취감도 느껴서 항상 선두그룹이라 생각했는데 고산병은 의지와는 상관없이 사람을 무기력하게 만드는구나. 이대로 조금만 더 가면 죽겠구나. 그래, 하산하는 거야' 그 순간, 홀로 이 긴 내리막길을 어떻게 걸어가야 하나 걱정도 했지만 사람들에게 "저는 더 못 가요, 내려갈게요." 손을 흔들며 소리쳤다. 울컥했다. 몸이 아픈 것보다 마음이 더 아프다.

포터와 나, 단 둘이 산을 내려오기 시작했다. 계속 토하고 말도 안

통하는 포터는 옆에서 계속 물통을 건넨다. 내려가도 내려가도 보이질 않던 롯지가 드디어 보이기 시작한다. 쓰러지기 일보직전이고 하도 토해서 이제는 나올 것도 없다. 있는 힘을 다해 걷고 또 걷는데 저만치서 언니들이 보인다. 아, 이제 살았구나. 있는 힘을 다해 외쳐보지만 반응이 없다. 체력이 고갈 돼 목소리도 나오지 않는가 보다. 거의 다 와서 '언니!' 하고 벤치에 쓰러져 2시간 정도 꼼짝 못하고 누웠다. 지윤 언니는 급히 따뜻한 물을 가져다 주고 재킷을 벗어 덮어준다.

모든 게 참으로 감사했다. 걸으면서 많은 생각도 했다. 아프기 전엔 오로지 가정밖에 모르고 지내다 아프고 나서는 전엔 알지 못한 다양한 사람들과도 만나고 여행을 통해 소중한 인연들도 맺으며 살아가고 있다. 정상만을 바라보고 자신만 정상을 정복하면 된다는 마음이었는데 우리 9명이 한마음으로 소통하고 하나가 되었으면 어떨까 생각해본다. 힘겹게 싸우며 최선을 다했지만 더 올라가지 못해 아쉽게 포기해야만 하는 나의 마음을 알아주지 못하는 언니들에게 서운한 마음이 앞서기도 했다. 그러다 왜 내가 암에 걸렸을까도 생각해 봤다. 히말라야는 이래저래 많은 걸 생각하게 해 주었다. 산행이든 인생이든 모든 건 나 자신과의 외로운 싸움이라는 걸 말이다. 이순영

히말라야는 생각했던 것보다 험한 길이 아니라 걷기에 그리 어렵지 않다. 고도가 높아 산소가 부족한 것 이외에는 등반하기 수월한 편

4,000m 히말라야 스카이라운지의 커피 맛은 일품 중의 일품이다. 게다가 부가세도 없는 걸?

이다. 4,000m 고지에 예쁘게 무리지어 피어나는 야생화, 어린 시절 우리가 자란 시골과 흡사하게 수수하고 순박하게 살아가는 사람들, 멀리 바라보이는 웅장한 설산들, 구불구불 아름답고 평화로운 길. 히말라야 등반은 어떤 곳은 좀 지루하기도 하고 험하기도 하고 사람이 쉴만한 롯지 하나 없는 길도 있지만 대부분은 사람들이 살고 있는 조그만 마을들을 잇는 길을 여유 있게 천천히 걷는 정도다. 그래서 모두들 호흡의 불편함은 느끼지 못했기에 고산병 없이 쉽게 정상에 오를 수 있을 거라 생각했다. 완만한 경사의 아름다운 숲길을 걸으며 사색에 잠겨보고 롯지 앞마당에서 레몬티와 밀크티 한 잔의 여유를 즐기기도 했다.

'랑탕-코사인쿤드' 코스 중 걍진리에 오르던 등반 3일째의 날. 얼마쯤 오르니 속이 메스껍다. '어? 점심 먹은 게 잘못됐나?' 생각하다 바로 이게 고산병의 전조임을 알게 되었다. 노박사님이 걍진리(4,773m) 체르코리(5,003m) 중 하나의 정상을 선택해 오르라고 충고하신 말씀이 생각나 나와 광재 언니는 4,300m정도쯤 오르다 포기하고 되돌아 내려왔다. 내일 다시 멋지게 두 번째 정상인, 체르코리에 오르기를 희망하며 말이다. 롯지로 내려오니 첫날 다리에 쥐가 나 혼자 하산하셨던 단장님이 계셨다. 그사이 홀로 산을 오르셨던 모양이다. 미안함과 반가움에 서로 부둥켜 앉고 눈물을 흘리고 오랜만에 여유롭게 쉬고 있었다. 저녁이 되자 걍진리에 올랐던 일행들이 내려와 고산병을 호소한다. 대부분 머리가 지끈거리고 숨이 차고 메슥거린다며 힘들어 했다. 무릎과 발목에 문제가 생긴 막내 신영이 마지막으로 숙소에 도착하자 모두 잘해냈다며 환호성이다. 하지만 다들 체력은 이미 바닥.

병림 언니를 제외한 사람들은 내일 일정을 포기할 모양이다. 결국 더 높은 체르코리에 도전하는 사람은 노박사님, 박경희 단장님과 광재 언니, 병림 언니, 순영, 명자, 그리고 이갑녀 이렇게 총 7명이다. 아마도 남은 3명은 마을 주변을 산책하며 평화로운 여유를 즐기게 될 것이다. 오늘 우리가 그랬던 것처럼.

다음날 새벽, 체르코리를 향한 우리의 힘겨운 등반이 시작되었다. 차가운 새벽바람에 몸과 마음이 다 움츠려 든다. 얼마쯤 왔을까? 순영이가 극심한 고산병 때문에 더 이상 오르는 것을 포기하고 되돌아 내려간다. 평소에는 산도 제일 잘 오르고 건강하더니 고산병은 건강과는 관계가 없나 보다. 나중에 순영이의 이야기를 들기론 숨이 차서 심장은 터질 것 같아 가쁜 숨을 몰아쉬면서도 겨우 겨우 걸었지만 점

점 심해지는 고산병 때문에 더 이상은 한 발자국도 발을 옮기기가 힘들었단다. 내가 보기에도 거칠게 몰아쉬는 숨소리가 너무나 힘들어 보였었다.

어느새 나는 일행들보다 뒤처져 혼자 길을 걷고 있었다. 왠지 평소 산에 오를 때와는 뭔가가 다르다. 이상하게도 어제 저녁부터 밥맛이 없고 메슥거려 식사를 못한 탓인지 기운이 하나도 없다. 누룽지 한 숟가락을 뜨고 먼 길을 온 탓일까? 높은 고도지만 평지 같은 완만한 길도 이제는 힘에 겹다. 온 몸에 힘이란 힘은 다 빠져나간 것 같고 체력은 완전히 바닥을 치고 있다. 함께 길을 가던 박사님과 박경희 단장님도 고산병이 심해 하산하면서도 못내 아쉬워 계속 뒤돌아보며 내려가신다. 나는 어제 정상을 오르지 못했기에 오늘은 기어코 해내리라 마음속으로 다짐하고 힘들게 산을 오르기 시작했다. 하지만 내 의지와 상관없이 몸은 움직여주질 않는다. 힘겨운 나와의 싸움이 시작된 것이다. 눈 쌓인 너덜바위 지대쯤에서 몸이 부쩍 이상해지는 걸 느낄 수 있었는데 꼭 체한 것 같이 배가 아프고 메슥거리기 시작했다. 처음엔 꼭 차멀미 하는 것 같았는데 참고 또 참으며 계속해서 걸었다. 최선을 다하지 않고 포기하기엔 왠지 아쉬움이 많이 남을 것 같아 '조금만 더, 조금만 더 힘을 내' 스스로 응원하고 위로하며 힘겹게 산을 오르고 아무도 없는 그 외롭고 힘겨운 길을 조금씩 조금씩 걷고 또 걸었다.

일행은 벌써 하나둘 정상에 오르는 게 보이는데 난 창자가 꼬이는 것처럼 몸이 뒤틀리듯 아팠다. 그래도 참고 걷다 도저히 못 참겠기에 몇 번이나 토하고 또 토하며 기다시피 적당한 바위에 앉아 하늘을 봤다. 고산병이 너무나 고통스러웠기에 '여기가 내 무덤인가보다'라는 두

천하의 우리들도 맥을 못 추게 만든, 산통보다 더 힘든 히말라야 고산병.

려움도 느꼈다. 히말라야 하면 설산의 아름다운 풍경이 떠오르지만 마음 한 구석에는 죽음의 이미지도 내 기억 속에 무심결에, 강하게 각인되어 있었나 보다. 정상이 100여 m 앞이지만 최선을 다했기에 미련 없이 여기서 포기하기로 결정했다. 포기할 수밖에 없는 상황에 순응하며 천천히 온 길을 다시 내려가기 시작했다. 하산하는 길도 정신을 잠시 놓으면 금방 쓰러질 것 같아 다른 생각을 할 여유조차 없이 한발 한발 집중해 눈 덮인 너덜바위 지대를 조심스럽게 내려가야만 하는 힘든 상황이었다. 그날의 코스는 일정 중 가장 힘든 곳이지만 '죽음의 날'이자 '내 생에 최고의 날'로도 기억되었다. 하지만 좀 더 일찍 포기하지 못하고 미련스럽게 정상에 오르고자 했던 내 욕심 때문에 하산 시간이 너무 늦어져 걱정했을 일행들에게 너무 미안한데 '미안하다' 말 할 기력조차 남아있지 않았다. 단지 그 힘든 과정을 이겨낸 내 스스로가 너무 대단하고 고맙고 대견스럽다.

죽음의 공포를 느끼며 올랐던 체르코리. 죽을 것같이 느껴지던 공포의 고산병은 사람에 따라 다른 양상을 보이나 보다. 숨이 차서 포기하든가, 아무런 느낌 없이 무기력해지든가. 아니면 나처럼 창자가 꼬이듯 아프고 계속 토하고 아프든가. 머리가 지끈거리는 두통, 붓기, 잠이 잘 오지 않아 오래 뒤척이고 소변양이 감소하는 등 여러 모양으로 말이다. 고산병의 경험은 내가 아이를 낳을 때 느꼈던 죽음의 산통보다 더 힘들었던 것 같다. 아이와 만나기 위해서는 힘들었던 산고도 기꺼이 이겨내야만 했던 것처럼 거대한 자연의 정상에 서려면 힘들고 어려운 여정도 겸허히 받아들이며 이겨내는 자만이 정상에 올라 선택된 희열을 맛볼 수 있다는 점에서 산고와 고산병은 공통점을 가지고 있지 않을까? 죽을 것 같이 힘든 과정을 넘기고 만났던 내 아이와 같이 힘든 고산병을 이기고 정상에 선 사람들은 거대한 자연의 섭리 앞에 겸손해지고 순응하며 히말라야와 함께 호흡하는 법을 배울 수 있을 것 같다. 정상엔 오르지 못해도 최선을 다해 히말라야와 호흡을 함께한 사람도 정상에 오르는 사람 못지않은 감동과 기쁨을 느꼈을 것이다. 그것은 어머니의 산, 히말라야가 모두에게 공평하게 준 선물이기 때문이다.

나는 항암주사치료를 경험해 보지 않아 항암주사의 고통은 잘 모르겠지만 다른 환우들 말에 의하면 항암주사치료 역시 죽을 고비를 넘기면서 하루하루 이겨낸다고 했다. 그렇게 힘들게 이겨내었기에, 그래서 우리가 살아가는 인생이 더 값진 것이라고 히말라야가 나에게 속삭이듯 알려준 건 아닐까? 이갑녀

환자가 아닌 여자로 LOOKS GOOD, FEEL BETTER

유방암 수술을 받고 병원 환우회 모임에 처음 나갔을 때가 생각난다. 다른 환우들 모두 씩씩하고 활기차 보이는데 나만 힘들고 걱정이 많은 것 같았다. 사람들 말에 의하면 암은 좋은 산소와 긍정적인 생각을 싫어한다길래 '그럼 내가 살길은 운동이다'라는 생각으로 항암치료를 받으면서도 힘들지만 집근처 관악산을 많이 오르내렸다. 물론 정상까지 오르지는 못했지만 힘닿는 데까지 올라 시원한 나무그늘 아래 돗자리 깔고 누웠다 내려오기를 수없이 반복했다. 그 산에 자주 누워 마음속으로 참 많은 생각들을 하곤 했다. 열심히 운동해 건강해지리라 다짐도 하고 자연과 내가 하나 되어 그곳에서 치유받기를 간절히 바라기도 했다. 암 수술을 받은 누구나 그런 생각이 들겠지만 나만 유독 힘든 수술과 치료과정을 겪은 것 같아 더 그런 마음이 들었는지도 모르겠다.

그렇게 지내다 드디어 항암주사, 방사선치료를 모두 마치니 기분이 정말 홀가분했다. 환우회 언니들을 따라 관악산 칼바위, 도봉산, 소요산 등의 산들을 등반했는데 처음엔 버겁고 힘들었지만 그냥 열심히 따라다녔다. 아프기 전에는 운동을 싫어했는데 유방암 수술을 한 후부터는 암과 싸워 이기고 살아야 된다는 그 생각만으로 열심이 산을 오르내렸다. 그때부터 집 근처 산을 매주 3번 이상 오르는 습관은 지금까지 이어지고 있다. 설악산 대청봉에 오를 때도 문득 생각이 나는데 과연 내가 대청봉에 오를 수 있을까 걱정과 조바심이 생기기도 했지만 그럼에도 불구하고 무사히 오르고부터는 자신감이 생겨 지리산, 한라산, 백두산, 오대산, 소백산, 월출산 등 어느 산악인 못지않게 전국에 있는 산들을 오르내렸다. 힘들게 정상에 올랐을 때 느끼는 성취감과 자신감으로 인해 감히 히말라야 등반도 결정했지만 그러기까지는 많은 고민과 생각들이 교차하기도 했다. 다른 환우들은 씩씩하게 잘 견뎌내는데 유독 나만 힘든 것 같아 애태우던 일, 완쾌되어 정상적인 생활을 할 수 있을까 많이 불안해하고 염려했던 일, 한편으로는 병이 악화되어 먼저 하늘나라로 떠난 언니, 친구, 동생들. 그리고 아무 질병 없이 장거리 달리기 선수들처럼 지금까지 건강하게 살아가고 있는 내 주위 모든 환우들이 떠오르기도 했다.

건강해지기 위해 악착같이 걷고 전국의 산들도 오르내리던 내가 결국에는 보통사람들도 등반하기 힘든 히말라야에 다녀온 것에 대해 이제야 진정으로 자부심을 느낀다. 유방암의 고통은 겪었지만 꾸준한 건강관리를 통해 자신감을 가지고 더 큰 산에 오르려고 시도하는 나를 발견한다. 어떻게 보면 유방암은 내가 더 커질 수 있는 계기가 된 것은 아닐까? 이순영

"이번엔 암입니다." 매정하게 내던지는 말에 '억'하고 심장이 멎는다. 2년 4개월 전 0기이긴 하지만 상피내암을 겪었는데 이번엔 다시 진짜 암에 걸린 것이다. 의사선생님은 하루에도 몇 번씩 하는 말인데 나는 태어나서 처음 듣는 엄청난 말이기에 순간 머리가 하얘진다. '안 되는데, 병원 오갈 때 운전은 누가 해 주지? 밥은 누가 해 주지? 회사는??' 그 짧은 순간에 초고속 카메라 필름처럼 수십 가지 생각이 스쳐 지나간다. 늦가을 서울대병원 앞 은행나무는 햇살을 받아 고왔는데 고운만큼 더 슬펐다. 영화에서 보면 "나, 암이래" 하던데 나는 누구한테 말하지?

수술날짜와 치료 일정이 결정되었다. 총 6회 항암주사치료는 6개월이 걸린다고 한다. 치료 중에는 언니 집에서 지내기로 했고 머리카락이 빠질 수 있다길래 가발도 미리 준비했다. 긴장 속에 항암주사를 맞고 밤사이 체온이 올라가면 응급실로 와야 한다는데, 이상하다. 병원에서 말한 증세가 안 나타난다. 너무 긴장했나? 1주일 후 다시 주사를 맞고 그분(?)을 기다리는데도 또 아무렇지 않다. 머리카락도 안 빠지고 구토도 없다. 증세가 있어야 약 효과도 있는 게 아니냐며 언니는 혹시 다른 사람과 약이 바뀐 게 아닌지 병원에 물어보라고까지 한다. 속이 좀 울렁거리고 식욕도 떨어질 뿐 머리카락도 자주 빗질을 하고 심지어 손으로 힘주어 당겨도 봤지만 아직은 괜찮은 거 같다. 병원에 문의했더니 병기가 약해 흰색약을 처방받아 그렇단다. 아드레마이신(통칭 빨강약)이라면 한 번 주사에도 머리카락이 빠진다고 한다.

아! 다행이다. 나도 모르게 하느님께 감사드렸다. 암 환우들은 탈모가 되면 엄청난 충격을 받기 때문에 모두들 가장 긴장하는 부분이다. 원래 남에게 싫은 소리하는 걸 잘 못해서 반품은 잘 안 하는데 그때는 무슨 훈장이라도 달게 된 것인 양 내 생애에서 가장 기분 좋고 당당하게 반품을 하러 갔다. 대신 큰맘 먹고 연예인들만 간다는 청담동 헤어샵에서 하고 싶던 스타일의 짧은 커트를 했다. 환불받은 가발 금액으로 아낌없이 내 신체에 남아준 까망머리칼에 보상을 해 주고 싶었다. 그곳의 커트 비용은 웬만한 미용실의 파마 가격이었는데도 말이다. 아무런 증상도 없는데 언니네 집에 있기도 뻘쭘해 집으로 돌아와 홀로 투병을 했는데 3차 항암주사 때부터 증세가 심해져 손톱 밑이 까매지고 과일 외에는 아무것도 먹을 수 없었다. 주사 맞으러 가기 전 딸기와 파인애플을 갈아 셔벗을 만들고 신선한 야채와 과일을 준비했다. 병원에 다녀온 뒤 서너시간 후부터 증세가 나타나는데 그 때부터는 각오하고 1주일을 버텨야 한다. 침대에 딱정벌레처럼 엎드려 배를 누르고 있으면 좀 나은 것 같아 책도 TV도 방바닥에서 보고 고통스러운 1주일을 버틴다. 2주일 정도 지나면 증세가 가라앉아 근처 대형서점에 따뜻한 물과 운동화, 편한 복장으로 출근하다시피 종일 시간을 보내기도 했다. 지금 생각해도 도저히 이해가 안 가는 건 그때 수많은 책을 읽었건만 단 한 줄도 생각이 안 난다는 점이다. 그저 갈 곳이 있어 좋았고 아무도 나를 몰라봐서 그것을 즐겼던 모양이다. 사람들은 내가 환자인 줄 모르잖아.

내 소식을 전해들은 회사 동료들과 지인들은 놀람과 걱정으로 안부를 자주 물어왔었지만 시간이 갈수록 뜸해졌다. 어차피 혼자 겪어야 할 일이라 각오는 했었지만 구토의 괴로움이 잦아지면 울컥 혼자임이 느껴졌다. 이럴 때 물 한잔만이라도 떠다주면서 등을 토닥여 줄 사람이 있었으면 싶으면서도 약한 모습을 보이기 싫어 씩씩한 척 하는 두 마음이 공존한다는 것이 참 아이러니하다. 웬만하면 밖에 안 나갔기에 말이 하고 싶어 신문을 소리 내어 읽기도 하고 어쩌다 외식을 하러 나갈 땐 메뉴판을 소리 내어 읽곤 했다. 아무도 들어주지 않는다 해도 그것도 말이므로.

회사 측의 배려로 재택근무를 할 수 있었고 시무식도 최대한 성장을 하고 참석할 수 있었다. 사람들의 시선을 당당히 느끼며 상석에 자리를 잡았다. 건배를 제의하는 사장님과 샴페인 잔을 들고 "Cheers"를 외치고 기분 좋게 입에 살짝 댔을 때 동료가 다급하게 묻는다. "술 먹어도 괜찮아?" "고기 먹어도 괜찮아?" "괜찮아? 괜찮아?"의 배려가 오히려 내가 환자임을 상기시키고 이방인을 만들었다. 또 어떤 이는 잘 챙겨 먹는 나를 보고 "언니는 나보다 오래 살 거야. 난 어떤 진단을 받아도 치료 안 받고 내 운명 그대로를 받아 들일거야"라고 했다. 자신의 인생관을 얘기했을 수도 있는 그 말이 그대로 내 가슴에 비수가 되어 꽂혔다.

백혈구 수치가 떨어져 치료가 미루어지기도, 밤새 혈뇨를 쏟아 혼자 응급실에 찾아가 입원하기도 했다. 응급실에서 간호사가 내 이름을 부르면 내가 달려간다. "보호자 말고 환자는요?" "제가 환잔데요?"

병문안 오는 사람도 없다. 묻지도 않는 말을 옆 침대 사람한테 한다. "제가요, 하도 병원을 들락날락해서 친구들에게 미안해서 입원했다는 얘기도 못해요." 누가 물었냐고요. 나는 더 씩씩해져야 한다. 어차피 혼자 가는 인생이다. 부모, 자식, 남편이 있어도 내가 짊어지고 갈 내 몫은 따로 있을 터……. 내 옆에 누가 있고 없고의 의미는 이미 나에게는 없었다. 김지윤

　나의 유방암 3기 치료 계획은 왼쪽 가슴 전체를 잘라내는 전절제 수술, 항암제주사 8차례, 방사선 28회, 10년간 항호르몬제 복용을 해야 했다. 항암주사치료가 시작되던 때가 생각나는데 주사실 앞, 좁은 복도에 앉아 있으려니 소독약과 항암주사 냄새가 가득해 그동안 숱하게 들었던 항암주사의 공포가 밀려왔다. 주문을 걸듯 성경구절을 계속 암송했다. '너희가 감당하지 못할 시험 당함을 허락하지 아니하시고 시험 당할 즈음에 또한 피할 길을 내사 너희로 능히 감당하게 하시느니라.' 빨강약이 내 몸속으로 들어간다. 무섭긴 하지만 암세포와 싸워줄 나의 든든한 지원군, 고마운 놈이긴 하다. 간호사가 구토를 참는 나를 위해 얼른 귤껍질을 코에 대준다. 조금 살 것 같다. 그렇게 초긴장 속 50여 분이 흘렀다. 주사 후 3시간 후엔 항암주사의 반응이 오니 얼른 집에 가서 누워 있으라는 지시가 떨어졌다. 물을 많이 마시라고 했는데 먹은 것도 없는데 계속 토한다. 머리끝부터 발끝까지 온몸의 세포 하나하나가 다 폭발해 나가는 것 같다.
　3,000m 이상의 고산을 오를 때면 나타난다는 고산병. 누구는 항암주사치료의 고통과 같다는 둥, 산통과 같다는 둥 자신의 경험상 비

교할 수 있는, 혹은 그 이상의 고통스런 병이라고 이야기하는 것이 바로 고산병이다. 심장이 터져 버릴 것 같고 머리가 깨지는 것 같은 두통, 구토가 우리들을 그 자리에 주저앉아 버리게 만들었다. 극도의 인내로 시간이 지나기를 기다리는 병과는 달리 고산병을 없앨 수 있는 오로지 한 가지 처방은 모든 것을 포기하고 뒤돌아 내려가는 것뿐이다. 몇 발자국만 내려가도 고통이 깨끗이 사라진다. 나도 구토증세가 오는 듯해서 고산병이 오나보다 했는데 그대로 지나가 버렸다. 그 이후로도 고산병은 다시 날 찾지 않았다.

유방암 치료를 받을 때, 항암주사치료를 받지 않는 환우들을 한없이 부러운 마음과 '너희들이 항암주사의 고통을 알아?'라는 마음으로 그 고통을 함께 나눌 수 없음을 야속해 했는데 히말라야에서는 나도 그때 그들처럼 고산병의 고통을 몰랐었다. 그래서 남들은 구토 때문에 물도 못 마시는데 나는 보온병 한가득 커피를 들고 다니면서 마셨고 속이 메슥거리는 사람한테 에너지 젤을 먹어야 힘이 난다고 꺼내 먹었다. "니가 고산병의 고통을 알아?" 그때 내가 들었어야 할 말이다.

항암치료의 부작용이 고산병의 처방처럼 뒤돌아 내려오면 사라지는 것이면 얼마나 좋았을까? 그때의 나는 되돌아갈 수도 없는 상황이었다. 이렇게 고통스러울 바에야 차라리 죽는 것이 나을 것 같다는 생각만이 흐릿하게 떠오를 뿐. 하지만 영원히 계속 될 것 같았던 날들도 1주일이 지나니 구토도 잠잠해지고 식욕도 돌아온다.

그렇게 맞기 싫은 주사도 백혈구 수치가 낮아 오늘은 맞을 수 없으니, 다음에 오라는 말을 듣고 돌아 설 때의 심정이란. 하기 싫어 미적거리며 쌓아만 놓은 이삿짐이 막상 집이 나가지 않아 이사 갈 수 없는 기분이랄까? 제때 못 맞아 그 사이 암세포가 다시 살아나면 어쩌나 하는 불안감도 있었다.

　처음 주사를 맞고 10여 일이 지났을 때였다. 각오는 했지만, 머리카락을 손으로 쓸어 넘기려는데 뭉텅뭉텅 빠져버린다. '계속 이럴 바에야'하고 늦은 밤 다른 동네 미장원에 가 머리를 밀어버렸다. 짱구라 그런지 민머리가 생각보다는 괜찮다. 중간에 항암제가 바뀌었는데 온몸의 가려움증 때문에 자다가도 몇 번씩 냉찜질을 하고 근육통으로 힘들긴 했지만 빨강약에 비하면 그야말로 식은 죽 먹기. 항암치료 마지막쯤에 남편은 공기 좋은 제주도에서 요양을 하면 어떨까 권했다. '기회다!' 혼자 제주도로 날아갔다. 먹거리를 잔뜩 사가지고 휴양림으로 들어갔다. 10여 일을 나만의 숙소에 들어앉아 꼼짝도 않고 평소 읽고 싶었던 『로마인 이야기』만 읽어댔다. 백만여 평이나 된다는 휴양림, 게다가 4월 초라는 절기 탓에 인적이 드물었다. 그래도 그때는 숙소의 허술한 문고리도 전혀 무섭지 않았다. 만약 강도가 들어온다 하더라도 '누구든 내 몸의 털끝하나라도 건드리면 가만 두지 않겠어'라는 독한 항암제의 오기가 있었다. 항암제가 나를 철의 여인으로 만들어 줬다.

　항암치료를 마치고 남편은 방사선치료까지 한 달 정도 생긴 여유기간 동안 친언니가 살고 있는 미국여행을 제안했다. '아니 어떻게 이 몰골로?' 했지만 싫지 않았기에 못이기는 척 비행기 표를 끊었다. 비행기 앞쪽 좌석을 부탁했었는데 스튜어디스가 바꿔준 내 좌석은 황망하게도 이코노미석이 아닌 비즈니스 석이었다. 내 모습이 그렇게나 힘들어 보였나? 도착 후 언니네 가족과 함께 LA근교 산에 올랐다. 치료 후 처음 오르는 6시간 코스의 산행인데도 예전에 산에 오를 때의 느낌과 비슷했다. 형부가 힘내라며 '에너지 젤'과 '에너지 바'를 건넨다. 이곳에 서는 산에 오를 때 꼭 필요한 에너지원과 물만 가지고 다닌단다. 우리 의 조청 비슷한 맛의 에너지 젤과 물을 흠뻑 마시고 나니 풀렸던 다리 와 온몸에 금방 힘이 솟아오르는 것 같다. 하지만 그때는 몰랐다. 이것 이 10여 년 후 히말라야에서 우리들 19명의 에너지원이 될 줄을.

　병원을 자주 다니던 나는 미국 병원에 대한 호기심이 생겨 근처 병 원 유방센터로 브래지어를 사러갔다. 유방암 환우들은 수술로 가슴을 절제하기 때문에 맞춤 속옷이 필요했다. 직원은 나를 보더니 미국의 유 방암 환우를 위한 메이크업과 가발관리 프로그램인 "LOOKS GOOD, FEEL BETTER!" 팸플릿을 주면서 참가를 권한다. 프로그램에 참여하 고 나서야 항암치료 후 내 얼굴을 처음으로 거울에 자세히 비춰보았 다. 치료 중에는 내 얼굴을 자세히 본 적이 없다. 아니, 그러고 싶지 않 았다. 항암주사의 부작용으로 눈썹도 속눈썹도 다 빠지고 푸석푸석한 환자의 모습만 완연할 뿐 여자의 모습은 그 어디에도 없기 때문이다. 이래서 공항에서도 내게 군말 없이 비즈니스 자리를 주고 이 프로그 램 참여도 권유받았나 보다. 눈물이 핑 돈다. 화장품회사에서 기부한 화장품을 한 박스 받아들고 예쁘게 화장을 하고나니 나도, "LOOKS GOOD, FEEL BETTER!" '유방암 치료를 받고 있지만 나는 여전히 여 자다'란 생각을 가지고 나머지 치료를 마저 받기 위해 환자가 아닌 여 자가 되어 다시 한국으로 돌아왔다.

　수술을 시작으로 항암주사, 방사선치료까지 10개월의 힘든 과정이 드디어 모두 지나갔다. 앞으로 10년 동안 항호르몬제를 먹는 일이 남아 있지만 치료를 모두 마친 다음날, 나는 뒷산에 올랐다. 하지만 40여 분을 올랐을까? 그동안 쌓인 피로감 때문인지 긴장이 풀려서인지 발걸음이 옮겨지지 않았다. 포기하고 택시를 타고 돌아왔다. 고갈된 내 체력, 그래 해결방법은 산이다. 난 내일 또 다시 산에 오를 것이다.

암 환우들이 치료를 받을 때 의사들로부터 항상 듣는 이야기가 있다. "다른 사람과 비교하지 마세요." 치료방법도 자각 증세도, 그에 따른 결과 또한 환자들마다 다 다르니 절대 남과 비교하지 말라는 말씀이다. 그렇다, 암 환우의 치료 과정은 홀로 자신의 길을 걸어가는 자기 자신과의 고독한 싸움이다. 몸 안에 들어온 암세포가 사람마다 제각각이고 우리들 몸 조건도 다 다르다. 인간의 불행도 남과 비교할 때 비로소 시작된다고 했다. 다른 사람의 인생과 비교하지 않고 현재의 나로서 자족하고 현재의 위치에서 최대치를 구하며 살아가야 한다는 것을 우리들은 그 힘든 치료과정을 통해 몸소 체득했다. 그래서 우리들은 들에 핀 이름 없는 꽃 한 송이, 풀 한 포기, 계곡에 흐르는 물 한 줄기에도 감탄하고 감사하다. 그래서인지 암 환우들 대부분은 이런 이야기들을 한다. 나의 인생은 암 발병 '이전과 이후'로 구분된다고. **이병림**

우리들의 우상
노동영 박사님,

아쉬운
하산을 하시다

환자와 함께 하실 때는 당신의 기로 희망과 꿈을 모두 나누어 주시
고 정작 혼자계실 때에는 힘겨워 하시다 아침에는 환자들에게 나누
어주실 원기를 모아오시는 것은 아닐지.

의사가 되어 정말 힘든 일은 간혹 눈물을 흘리는 환자 앞에서 같이
엉엉 울어 주지 못할 때다. 내가 강하고 흔들림 없어 보여야 그들이
의지하고 믿고 따라오니까 억지로 눈물을 참을 때가 많다. 얄궂은 운
명의 장난 앞에서는 의사의 가면을 벗고 나도 같이 하소연하면 속이
후련할 것 같은데 그럴 수는 없어 아쉽다.

우리 환우들이 설악산, 지리산, 한라산, 백두산을 오를 때마다 늘 노동영 박사님이 동반해 주셨다. 하지만 이번 히말라야 등반은 일정이 길어 하루를 이틀로 쪼개 쓰는 박사님은 불가능하다 생각해 혹시나 싶어 말씀드렸는데 몇 개월 전부터 밀려있는 수술일정을 조정해 함께 하시겠다는 연락을 주셨다. 매일 사용하는 컴퓨터도 리셋을 하듯 당신의 인생도 이즈음에서 리셋을 해보고 싶은 마음에서 결정하셨노라 하셨다.

공항에서 뵌 박사님은 이리저리 짐을 잔뜩 지고 '나 히말라야 처음이에요'라고 보이는 우리와는 달리 캐주얼 차림에 귀여운 작은 배낭을 메고 계셨다. 배낭에 뭐가 들었는지 여쭤봤더니 여권과 화장품이 들었다 하신다. ㅎㅎ 히말라야 입구까지 가는 버스에서 박사님의 좌석은 운전석 쪽, 천길 낭떠러지 계곡이 이어진 길이다. 짐짓 밖을 제대로 보지도 못하시면서 태연하게 앞으로 절대 이런 버스는 다시 타지 않겠다고 몇 번을 말씀하신다. 수술실에서 침착한 교수님은 어디에?

공포의 버스에서 내려 등반이 시작되자 박사님은 조금 올라왔는데

도 벌써 옷이 흠뻑 젖어 힘들어 하시는 것 같아 옷을 벗으시라 권해드려도 괜찮다며 연신 땀을 닦으신다. 모든 것에 완벽하신 박사님, 아마도 준비에 소홀했음을 들키기 싫어하시는 거 같다. 외모도 하루하루 자고나면 점점 변해가는 박사님. 결코 바람직하지 않았던 뱃살이 줄어가는 만큼 수염은 짙어져 하산 때는 거의 산적수준이다.

박사님은 예전에도 우리를 치료해 주신 것처럼 히말라야에서도 여러 사건 사고가 생길 때마다 몇 번이나 산을 뛰어내려오고 뛰어오르며 의술을 펼치셨다. 등반 첫날에는 사진작가님이 십수년 전 벌에 쏘여 생겼다는 알레르기로 갑자기 쓰러졌다는 연락들 받고 내려가셨다. 위험한 고비는 넘겼지만 놀란 마음에 카트만두로 되돌아가신단다. 우리들 신체 조건에 맞는 약을 준비해 왔지만 항히스타민제까지 필요할 줄은 아무도 몰랐을 것이다. 몇 시간 뒤에는 박경희 단장님이 근육통으로 주저앉으셨을 때, 박사님은 2차 뛰어내려오심을 행하셨다. 이번엔 2시간 걸려 올라가신 길을 1시간만에 뛰어내려오셨다. 어째 점점 기록이 단축

된다. 단장님은 박사님을 보자 20년 전, 살려만 주시면 천사가 되겠노라며 매달리시던 그때처럼 박사님 품안으로 파고들었고 박사님은 어린 아이 보듬듯 어깨를 토닥이며 소금물을 먹이고 근육을 꽉 누르고 호흡을 길게 하라신다. 여기서도 신의 손이신가? 상황이 종료되자 박사님은 단장님 상태로 보아 다른 사람들에게까지도 민폐를 끼칠 수 있으니 카트만두로 되돌아가라는 처방(?)을 내리셨다. 당황하시는 단장님 얼굴을 애써 모른 체 하며 여명이 채 오지도 않은 산길을 일행과 합류하기 위해 냉정히 길을 재촉하셨다. 하지만 아무도 모르는 내일. 박사님의 냉정한 하산 처방을 받은 사람과 히말라야에서도 신의 손이라 불리던 사람이 이틀 후 정상을 오르다 극심한 고산병으로 인해 설산 산중에 서로만을 의지하면서 걷다 토하고 그 위에 다시 또 토하면서 앞서거니 뒤서거니 나란히 중도포기하고 하산을 하실 줄이야!

고산병이 시작되던 지점인 3,000m. 맥박이 빨라지고 호흡이 힘들어졌다. 신체가 고산에 적응하기 위한 당연한 반응이니 당황하지 말라며 박사님은 지치지 않은 빠른 걸음으로 앞서 가시고 뒤따르는 우리들에게 차와 비스킷을 나누어 주며 응원해주신다. 바쁘신 중에도 산을 자주 찾으신다더니 정신력 뿐 아니라 체력도 좋으시다.

등반 중 가장 높은 봉우리는 걍진리와 체르코리가 있다. 한대장님 말씀이 현재 컨디션을 고려해 둘 중 한 곳을 갈 것인지 두 곳 다 갈 것인지를 신중히 생각하라 하신다. 우리 일행 대부분은 걍진리만 오르기로 하고 빙산에 미끄러지지 않게 신발에 다는 아이젠과 다운점퍼 등 겨울 장비를 갖춘다. 조금 오르자 고도가 급격히 높아지며 푸른 하늘이 흐려지고 안개가 눈으로 바뀌고 바람도 강해지고 기온이 급

강하 한다. 길도 자갈과 바위덩이, 눈이 섞여있어 점점 걸음이 늦어질 즈음에 몇 명이 내일을 기약하며 하산하기로 결정한다. 여전히 후미에 있던 나는 잠시 망설이다 내일은 더 높은만큼 더 험할 것이라는 생각에 이 길을 선택하기로 하고 심호흡을 하고 걷기 시작했다. 그런데 저만치 가시던 박사님이 말씀이 없으시다. 고산증세가 시작된 것 같다. 말씀만 없으신 게 아니라 현저하게 발걸음이 무겁고 숨을 몰아쉬신다. 억지로 배낭을 빼앗아 포터에게 맡기고 병림 언니는 박사님에게 따순 코코아 한잔을 건네자 안 드신다. 나중에 하시는 말씀이 당신은 속이 울렁거려서 아무것도 못 먹고 말도 못 하겠는데 계속 말시키고 먹을 거 권하는 병림 언니가 미웠다 하신다. 한걸음 한걸음이 너무 소중한데 핫초코를 먹기 위해 절대 그 한 걸음도 내려갈 수가 없으셨다고 한다. 고산증세를 이미 겪고 있던 나는 어느덧 서서히 적응되며 그

리 힘들지 않게 오를 정도가 되어 박사님 옆을 따라가며 내 나름의 방법으로 도와드렸다.

"박사님~! 들숨, 날숨을 깊게 하세요. 발을 호흡에 맞춰서 한 걸음씩 하시고 하나 할 때 왼발, 두~울 하면 오른발. 보폭은 좁게 하시고 어깨도 좀 펴시면 숨 쉬기가 좋아져요."

"거 참 말 많네. 좀 조용히 하지" 하시면서도 어느 순간부터는 내가 박사님께 맞추는 건지 박사님이 내 걸음에 맞추시는 건지 무겁지만 규칙적인 걸음으로 정상을 향해 또박또박 가신다. 까마득하기만 하던 정상에 도착해 함성을 지르며 눈물범벅이 되어 환희를 맛보는 그 순간에도 박사님은 바람 빠진 풍선인형처럼 풀썩 주저앉아 호흡을 가다듬는다. 정상의 풍광보다는 과거, 당신의 손으로 일으켜 세운 우리들의 환호에 더 심취해 계신 것 같다. 박사님~ 기억 못하시죠? 8년 전 꼭 이

날, 제게 암이라고 하셨는데 2011년 10월 26일에는 저와 함께 신들의
산 '히말라야'에 계시네요. 그때처럼 또 눈물이 난다. 하지만 그때와는
다른 성분의 눈물이다.

힘들게 올라간 만큼 결코 만만치 않은 하산 길. 하산 후에 저녁도
안 드시고 박사님은 바로 침소(?)로 드셨는데 그 시간 이후 다음날까
지 아무도 박사님을 본 사람이 없었다는, 옆방에 배정받은 모 여인의
증언으로는 밤새 '에구구~ 에구구~' 소리가 들렸다는, 그리고 아침에
는 아무렇지도 않게 체조를 하시면서 산행을 준비하셨다는 이야기가
전해져 온다. 환자와 함께 하실 때는 당신의 기로 희망과 꿈을 모두 나
누어 주시고 정작 혼자 계실 때에는 힘겨워 하시다 아침에는 환자들에
게 나누어주실 원기를 모아오시는 것은 아닐지.

일정 중 최고봉인 체르코리를 오르는 날 새벽, 일행들은 랜턴의 힘

박사님은 아빠요, 친구요, 우리의 영원한 오빠다. 종숙 언니, 박사님, 순영이와 함께.

을 빌어 대부분 출발하고 어제 걍진리 정상의 후유증으로 아예 등반을 포기한 신영이와 나는 여유자작 동네구경도 하고 간단한 스케치도 하면서 휴식을 취하고 있는데 저~어기 점 두개가 우리를 향해 점점 커진다. 빨강 점은 박사님이고 노랑 점은 우리들을 뒤따라 어제 기어코 우리 일행에 합류하신 대한민국 대표 아줌마, 단장님이셨다. 후에 들은 말이지만 단장님은 본인이 힘드시기도 했지만 박사님이 너무 힘들어 보여 중간에 같이 하산하자 하셨다고 한다. 박사님은 우리를 보시더니 말씀조차 못하고는 야외 나무의자에 퍼석 눕는다. 머리를 높게 올리고 신발 끈을 풀어 드린 후 뜨거운 차를 드시게 하고 담요를 덮어 드리고 쉬시게 해 드렸다. 박사님은 정상을 300m 앞두고 하산을 결정하실 때 이런 명언을 남기셨다고 들었다.

"장엄한 대 자연을 보는 것으로 만족하며, 우리는 결코 패배자가 아니다."

　　박사님! 그 때 하산을 결정해 주신 단장님이 너무 고마우셨지요? 히말라야가 점점 좋아진다. 나도 박사님께 해드릴 것이 있는 이곳이. 김지윤

의사인 나를 가르치는
그들은 의사이자 여신

나는 아주 어릴 적부터 의사가 꿈이었다. 『슈바이처 전기』『닥터 지바고』『페스트』 등을 읽으며 혼란스럽고 어려운 시절에도 봉사하고 헌신하는 의사들의 모습이 아름다워 보였기 때문이다. 그 당시에도 의과대학에 들어가려면 남들보다 공부를 특출나게 잘해야만 했다. 하지만지금처럼 전쟁을 치루 듯 학원, 과외를 전전하며 사투를 벌이지는 않았다. 일단 일류 중·고등학교만 들어가면 후일은 선생님 말씀 잘 듣고친구들과 어울려 놀고 학교 도서관을 다니며 공부하면 그만이었다. 당시의 친구들을 지금도 계속 만나며 평생을 같이 보내고 있으니 그때내가 겪은 학창시절에 비해 지금의 학생들은 아무런 정체성 없이 예쁜꿈도 유지 못한 채 성적만을 쫓으며 방황하고 있는 듯하다. 스스로 터득한 지식이 오래가고 공부도 놀면서 했기에 머리에 정말 잘 들어갔고무엇보다도 선생님을 하느님처럼 우러러 보았다.

의과대학에 들어가서는 학과공부 이외에 오케스트라 단원으로 활동하며 예술적 감각과 감성을 키우고 중·고등학교 때부터 해온 독서를정말 많이 했다. 사실 의과대학에서는 의학 외에 인성을 키우는 과정이 없다. 뛰어난 능력을 가진 의사, 그 이상을 바라기에는 공부하는 분량이 너무나 많고 과정도 빡빡하기 때문이다. 아! 놀면서 공부해야 하는데, 그래야 심성도 깊고 따뜻하면서도 남을 어루만질 줄 아는 의사가 될텐데. 그래서 난 우리 학생들에게 최소한 동아리 활동이라도 활발히 하도록 권한다.

본과에 들어가니 시험이 유난히 많았다. 사전보다 더 두꺼운 분량의 책을 외우고 시험으로 다 토해낸다. 그리고 말짱히 다 지우고 다시 다음 과목 준비. 인턴, 레지던트는 공부하기가 더 힘들어진다. 우리 때에는 의사가 지금처럼 많지 않아 아예 잠을 잘 생각을 못했다. 당직은 순서만 정해 놓지 매일 병원에서 지새우는 날이 더 많았다. 지금은 다들 힘들다고 기피하는 외과의사가 당시에는 멋있고 인기가 아주 좋았다. 나는 돌아가신 외과의 개척자이신 김진복 교수님을 아주 존경했고 그분처럼 되기를 원했다. 힘들어도 무언가 해내었다고, 묻은 피와 땀을 훔쳐내는 그런 뿌듯함이 좋았다.

내가 전문의가 되었을 때 굳이 유방암을 담당할 생각은 없었다. 당시 외과의는 이것저것 다 맡아하던 시대였고 유방암에 대한 정보도 아주 미미하고 전문의도 흔치 않았기에 개척자 정신으로 유방분야를 지원하게 되었다. 당시에는 지금처럼 환자가 많고 중요한 분야로 떠오를지 아무도 몰랐다. 유방암 진료를 처음 시작할 때, 유방암은 당시 미국 여성에게 자주 발생하던 암이라 우리도 미국 시스템을 참고했고 다행히 그러한 것들은 효과가 좋았다. 점점 우리 실정에 맞게 진료실을 센터로 바꾸고 가발과 속옷에 대한 강의 등 여성들을 위한 배려에 신경 썼고 유방건강 의식향상을 위한 핑크리본캠페인과 한국유방건강재단 등을 만들었다. 이런 노력들은 국내뿐만 아니라 세계적으로도 명성과 인정을 받게 되어 한국에서 시작한 GBCC세계유방암학술대회 국제학회도 아주 성공적으로 이어 나가고 있다.

그간 30년 가까이 환자들을 보며 걸어온 길은 개척자로서 보람도 있었지만 힘든 일도 많았다. 우선 하루 온종일 환자들을 보아야 하고 수술도 기네스북에 오를 만큼 많이 해왔다. 신문, 방송 등에 자주 나가 이름이 알려지니 사람들이 오해를 하기 시작한다. 저 사람에게 가면 다 나을 것 같다는 믿음, 간혹 광신도 같은 사람도 생긴다. 누군가는 날 교주라고도 부른다. 하지만 사람의 일이란 알 수 없기에 간혹 예기치 않은 길로 가는 환자의 경우 나는 그만큼 강한 항의를 받는다. 그분들이 그렇게라도 아쉬움이 해결된다면 내가 아무리 힘들어도 아픈 사람들보다 더 힘들까란 생각으로 던지는 돌에 몸을 맡기는 예수님이 되기도 한다. 하지만 완치되어 행복한 사람들의 갈채를 더 많이 받아 오지 않았는가?

의사가 되어 정말 힘든 일은 간혹 눈물을 흘리는 환자 앞에서 같이 엉엉 울어 주지 못할 때다. 내가 강하고 흔들림 없어 보여야 그들이 의지하고 믿고 따라오니까 억지로 눈물을 참을 때가 많다. 얄궂은 운명의 장난 앞에서는 의사의 가면을 벗고 나도 같이 하소연하면 속이 후련할 것 같은데 그럴 수는 없어 아쉽다.

많은 환자들이 주변의 추천으로 찾아오는 경우가 많은데 나이도 지긋하고 위엄 있는 허연 의사가 앉아 있을 것으로 생각하고 진료실 문을 열고 들어오는데 생각보다 어려보이는, 장난기 가득한 청년 같은 모습 때문인지 어떤 환자들은 노박사님은 어디 계시냐고 묻는다. 난 "아,

우리 형님이 편찮으셔서 제가 대신 나왔노라"고 진료를 마친다.

임신으로 고민하다 아가를 낳아 진료실에 데려 와 뿌듯해 하는 엄마, 나와 함께 아가와 사진을 찍는다. 수술로 팔을 쓸 수 있을까 고민하는 환자가 완쾌되어 직접 그린 그림을 들고 온다던지, 큰 연주에 초대받는 난 행복한 의사다. 다른 의사들도 나를 부러워하는데 이것들은 쉽사리 얻어진다 생각하지 않는다. 내 개인적인 것들을 희생하고 그들의 어려움을 진심으로 들어주고 마음을 함께하고 어울리고 그들의 편에 서야 한다.

지금껏 수만명의 여성들을 접하며 무척 놀라곤 했다. 그들의 옷차림, 말투 등 여성들은 남자들보다 훨씬 앞서가고 시대를, 사회를 이끌고 잘 적응한다는 느낌을 많이 받는다. 질병을 현명하게 극복하고 공부하며 스스로를 재구성하는 모습은 나에게 많은 것을 깨우치게 한다. 더불어 환우회와 함께 나도 세련되어져 가는 것 같다. 사실 유방의 문제도 인생에서 극히 적은 부분, 또 삶의 과정일 뿐이다. 나와 같이 산행하고 워크숍에서 같이 웃고 춤을 추는 분들은 모두 그 부분을 달관하였으리라 생각한다. 한 번 살다 가는데, 어떤 일들이 닥칠 지도 모르는데 유방암이라는 과정을 통해 아주 좋은 교훈을 얻는 것이다.

의사인 나도 마찬가지다. 비너스 홈페이지에 3만 건이 넘는 질의응답, 난 그들의 어려움에 답을 주고 있지만 사실은 내가 그 질문들을 통해 배운다. 난 결코 전지전능한 능력자가 아니며 그들에게 조그마한 도움을 주는 의사라는 역할을 하며 그들과 함께 어울리고 작품을 만들어 나가고 있는 것이다. 그들을 통해 나를 더 맑게 비춰보게 된다. 나는 그들에게 무엇을 해주어야 하는가? 내가 이렇게 사회에서 받는 과분한 것들을 어떻게 돌려주어야 하는가? 노동영

첫 번째

히말라야
정상에서의 공기

'히말라야의 신이시여 우리를 받아들여 주소서.' 신 앞에 다가서듯
한 걸음 한 걸음 조심스럽게 들어간다. 열 걸음에 한번 쉬고, 다시 다
섯 걸음에 또 한번 쉬다 드디어 정상. 쏟아지는 눈물은 손으로 가렸
는데 터진 울음보는 걷잡을 수가 없다. 엉엉. 내가 여기에 있다니.

수술과 치료과정을 혼자 결정하고 잘 견뎌준 내 자신에게 대견하
고 장하다고 스스로 칭찬해주고 뭔가를 선물로 주고 싶었다. 히말
라야 등반은 이 모든 걸 이겨낸 내 자신에게 주는 선물로 충분하지
않을까?

"티~" 라는 아날로그 모닝콜에 아침을 시작한다. 어제에 이어 히말라야를 이틀째 걷건만 울창한 숲과 바위, 폭포는 계속된다. 고산병이 시작된다는 3,000m지점을 기다리기라도 하는 듯 롯지를 들를 때마다 그곳의 고도를 확인한다. 푸른 하늘과 쪽 구름, 산들바람, 길가의 야생화들, 저 멀리 설산과 가끔씩 지나가는 현지인과 관광객들마저도 우리 일정의 한 부분이 되어 마치 오래전부터 같이 있었던 것처럼 익숙하고 편안한 길을 걷는다. 가장 많은 사람들을 만난 2,992m 높이의 고라타벨라 롯지에서 점심을 하고 잔디에 누워 잠시 휴식 취했다. 많은 외국인들도 우리의 일행인양 짧은 대화를 간간히 건네며 랑탕의 아름다움을 공유하고 있었다. 정상을 향해 출발할 때 앞장서서 걷던 종숙 언니가 길옆에서 네잎클로버를 발견하고는 환성을 지른다. 이 행운으로 우리 일정이 순탄할 거라고 덕담을 한다. 당연하지요~

오색천에 경전을 적어 길게 매달아 놓은 룽다가 푸른 하늘에 나부끼고 장대에 매단 오색천 타르쵸도 오늘은 더 힘차다. 하늘, 바람, 물, 불, 땅을 상징한다는 노랑, 파랑, 빨강, 초록, 흰색들이 펄럭이며 등반

한 바퀴 돌릴 때마다 경전 한 번 읽은 것과 같다는 마니차. 경건한 마음으로 돌려본다.

내내 우리를 응원해 주었다. 돌담을 오른쪽에 두고 걸어야 행운과 복을 준다는 말을 들은 후에는 무심코 지나쳐 버려도 되돌아가 다시 걷기도 했다. 성스러운 히말라야에서는 꼭 그래야 할 것만 같아서.

　히말라야에서는 마니차라 불리는 걸 많이 볼 수 있었는데 불교경전이 적혀있는 두루마리가 들어 있어 한 번 돌리면 경전을 한 번 읽은 것으로 친다고 한다. 글을 몰라도 바람이 읽어 준다고 믿는다고 하는데 마니차는 손에 들 수 있는 작은 것부터 물레방아 정도의 크기도 있고 사원 가는 곳마다 설치되어 있어 흔히 볼 수 있다. 우리들도 경건한 마음으로 마니차를 한 번 굴리고 걸음을 재촉한다. 때 마침 날아오르는 새떼들의 군무 환영을 받으며 평온한 길을 걷고 있는데 군인복장을 한 사람들이 보인다. 카트만두 북쪽은 티베트 남쪽과 국경을 접하는 곳이라 형식적이지만 군인이 지키고 있다. 이전에 보아오던 사람들과 복장은 다르지만 커다랗고 순진한 깜장 눈망울은 그들을 네팔리들이라 말하고 있다.

걍진곰파에 도착하자 저 멀리 보이는 설산이 걍진리라 한다. 오늘 우리가 갈 곳이라는 말에 미리 큰 호흡을 하고 정신을 가다듬는다. 경제적인 여유, 시간이 많아 올 수 있는 곳이 아닌 의지와 열정, 그 무엇보다도 히말라야 신이 허락을 해야 들어 올 수 있는 곳을 내가 지금 그 한가운데 들어와 있다. 보이는 모든 것, 같이 있는 사람들에게 감사하고 힘겹게 오르던 길에 놓여진 돌계단, 외나무 다리, 몸을 쉴 수 있는 작은 롯지, 셰파, 포터, 쿡, 격려를 아끼지 않는 동행들, 편안한 신발……. 모두 다 나를 이곳에 데려다 준 고마운 도우미들이다.

마음을 가다듬고 설산병풍 걍진리에 오르기 시작한다. 내일은 오늘보다 조금 더 높은 정상에 오를 예정이란 대장님의 말에 광재 언니, 갑녀 언니, 순영 씨는 내일을 위해 체력을 비축한다며 내려갔다. 난 내일은 내일이고 오늘은 체력이 되는 데까지 가보기로 하고 발걸음을 옮기는데 단장님을 보호하던 셰파 놀부가 올라온다. 쥐가 나서 하산명령을 받은 단장님이 회복하셔서 지금 홀로 올라오고 있다는 희소식에 우리 모두 환호성을 지르고 그 기운을 얻어 발을 뗀다. 얼마만큼 올랐을까? 박사님과 수진 씨가 숨을 몰아쉬며 절대 말을 붙이면 안 될 것 같은 표정들이다. 나 역시 죽을 듯 힘들다. 앞서 가던 병림 언니가 힘들고 지친 이들에게 따스한 코코아를 나누어 준다. 김이 모락모락 나는 향기로운 코코아가 바로 눈앞에, 몇 발자국 아래에 있는데 차라리 안 먹고 말지 어떻게 올라온 소중한 걸음인데. '절대 한 걸음도 지나온 길을

내려가고 싶지 않다. 아무리 목이 마르고 허기가 져도 그것 때문에 내려가지는 않으리.'

정상에 다가올수록 날씨는 겨울에 가까워지고 흩날리는 진눈깨비에 손끝이 시리고 잠시만 걸음을 멈춰도 추위에 등짝이 서늘하다. 아마도 4,300m는 넘은 것 같다. 언 손으로 더듬더듬 특단의 조치인 에너지 젤을 어렵게 꺼내 힘껏 빨아본다. 지금은 너만 믿을 수밖에 없어. 힘을 다오. '히말라야의 신이시여 우리를 받아들여 주소서.' 신 앞에 다가서듯 한 걸음 한 걸음 조심스럽게 들어간다. 열 걸음에 한번 쉬고, 다시 다섯 걸음에 또 한번 쉬다 드디어 4,773m 높이의 정상. 쏟아지는 눈물은 손으로 가렸는데 터진 울음보는 걷잡을 수가 없다. 엉엉. 내가

정상에 오르니 모든 것에 감사한 마음뿐이다. 이 기분을 모두에게 전해주고 싶다.

여기에 있다니. 2003년 암 진단을 확정 받던 날은 10월 26일. 딱 8년째인 2011년 10월 26일에는 히말라야의 높은 산맥에서 감격의 눈물을 쏟아내고 있다. 지금 글을 쓰는 이 순간에도 울컥하며 시야가 흐려진다. 감격의 정상을 느끼는 순간도 사람마다 다양하다. 수진 씨는 그저

멍하게 서 있고 난 펑펑 울고 병림 언니는 360도를 돌면서 풍광을 감상하고 막내 신영이는 사진 찍기에 여념이 없다. 하지만 정상에서의 여유를 즐길 시간도 없이 하산 길을 서두른다. 이미 석양이 비치기 시작한 때문이다.

황금색 석양이 설산과 방벽, 호수를 비추는 절경을 양쪽에 두고 가운데를 가로질러 급한 경사를 따라 야간산행을 한다. 보석 같은 별을 틈틈이 올려다보다 야크가 다니는 길로 잘못 가기도 하고 다리가 풀려 미끄러지기도 하면서 6시간이나 걸려 하산했다. 불빛에 빤히 보이는 마을까지 두어 시간이나 걸린 것이다. 우리의 랜턴 행렬을 보고 셸파들이 따뜻한 차를 가지고 나와 배낭도 들어주고 길을 안내한다. 이렇게 든든한 보호자일 수가.

롯지에 도착하니 그동안의 감격과 긴장이 풀려 죽을 거 같이 피곤하다. 세수는 이미 포기하고 온기가 전혀 없는 롯지에 쓰러지듯 잠이 든다. 김지윤

어제 걍진리 정상에 올랐던 지윤 언니가 오늘은 체르코리 정상을 오르지 않고, 대신 걍진곰파에 남아 마을을 감상하며 소모한 체력을 충전하기로 했단다. 나는 어제 체르코리 정상에 오르기 위해 체력충전을 하며 쉬었었다. 걍진리 정상에 올라간 사람은 지윤 언니, 동신영, 종숙 언니, 병림 언니, 노박사님인데 이야기를 들어보면 막상 정상에 올

라서는 모두들 힘이 다 빠져 사진 찍을 여력도 없이 주저앉아 있었단
다. 지윤 언니는 감격의 눈물을 흘리며 일행과 파이팅을 외쳤단다. 어
제 걍진리에 올랐던 사람들은 힘들었던지 오늘은 다른 정상에 오르지
않고 마을에 남겠다했다. 결국 체르코리 정상에는 김명자, 박경희 단장
님, 갑녀 언니, 병림 언니, 순영 언니, 광재 언니 도전. 병림 언니는 어제
정상에 오른데 이어 오늘도 또 도전, 체력이 대단하다.

드디어 체르코리에 오르기 위해 우리들은 새벽에 등반을 시작
했다. 히말라야 랑탕 코스의 꽃, 드디어 코스 중 최고봉인 체르코리
(5,003m)에 오르는 것이다. 아직은 아무것도 보이지 않는 새벽, 이마에
랜턴을 착용하고 어둠을 헤치며 전진하는 발걸음소리, 스틱 부딪히는
소리만이 부지런히 새벽을 깨우고 있을 뿐 모두들 아무 말이 없다. 마
치 우리들이 지나온 삶을 돌아보듯 걷다보니 어느새 날이 밝아오기 시

5,003m 정상을 앞두고 노동영 박사님과 박경희 단장님은 나란히 아쉬운 하산을 하셨다.

작하고 태양은 우리보다 먼저 능선에 올라 히말라야 구석구석을 밝히니 저만치 보이는 설산은 거대한 보석 산처럼 반짝하며 빛난다. 우리는 서로 앞서거니 뒤서거니 인종국적남녀노소를 불문하고 만나는 이들과 "나마스떼" 인사도 나누다보니 어느새 목표지점인 체르코리가 보인다. 능선하나 겨우 지나 이제 거의 다 왔나 보면 체르코리는 또 저만치 물러앉아 '나~ 여깄지롱~' 하듯 우리를 내려다보며 손짓한다. 산은 언제나 보이는 것보다 멀리 있다. 고도가 높아질수록 짧은 거리를 걸어도 많은 시간이 소요됨을 느꼈다. 한 걸음 떼기가 힘들어 가던 길을 멈추기를 거듭하면서도 우리는 오늘의 희망봉인 체르코리를 향해 결전

의 각오로 걷는다. 이제 300m 정도만 오르면 드디어 체르코리 정상이
다. 모두가 점점 더 숨가빠하고 말 한 마디조차 절약하고 있다. 체르코
리 중턱에서 간식을 먹으며 잠시 쉬었다.

　"여기서부터 1시간 30분에서 2시간은 걸린대요." 노박사님께서 말
씀하신다. "난 못 가!" 단장님이 주저앉으셨다. 첫날부터 쥐가 나 고생
하신 단장님이 여기까지 오신 것만 해도 정신력과 체력이 대단하고 존
경스럽다. 더군다나 관절이 약해 평소에도 관절운동을 하고 계셨던 단
장님이셨기에 어쩔 수 없이 이지점에서 아쉬움을 뒤로하고 하산결정.
"히말라야에 와서 이런 대자연을 보고 가는 것으로 만족해야죠." 위로
하며 노박사님께서도 단장님을 동무삼아 함께 내려가셨다.

일행은 다시 힘을 내 정상을 향했다. 이어 순영 언니가 고산병으로 뒤처지기 시작하고 갑녀 언니도 역시 고산병으로 괴로워하며 뒤처지기 시작한다. 숨 고르느라 멈춰서보니 그제서야 산기슭에 붙은 아주 작은 이름모를 꽃들이 보이기 시작한다. 예쁘다. 반갑다. 작은 꽃이라 더 그랬을까? 이 세상 어딘가에 살고 있는지조차 모르다 발견한 내 모습을 보듯 반갑다. '너는 여기서 이렇게 살고 있구나!' 고도가 높아질수록 나무들의 키는 작아졌고, 산에 납작 엎드려 붙어 있다. 대자연 앞에서 겸손할 수밖에 없음인가? 더 오르니 나무가 보이지 않는다. 히말라야의 고산지대는 신들의 영역이라더니 그래서 아무것도 살 수 없음인가? 그래서 더 겸손한 마음으로, 겸손한 걸음으로 천천히 천천히 신의 경지로 들어갔다. 도저히 못 밟을 것 같았는데 한걸음씩 옮기다보니 드디어 5,003m 체르코리 정상!

"와아~다 왔다!! 히말라야! 내가 왔다!!" 사람이 포기하지만 않는다면 결국 어느 곳이든 정상을 오르나보다. 사방으로 랑탕리룽(7,227m), 얄라피크(7,000m) 등의 봉우리들이 거대한 파노라마로 펼쳐졌다. 바로 눈앞에서 보는 히말라야의 장관과 감동. 아프고 힘들었던 지난 세월들이 주마등처럼 지나갔다. 결국 나는 건강해진 몸으로 여기 서있다. 내손으로 내 자신을, 내 머리를 토닥이며 말해줬다. "김명자, 해냈구나! 장하다!" 난 너무 기뻐 이리 뛰고 저리 뛰었다. 그 순간엔 과거의 암도 한걸음을 떼기 힘들었던 고산병도 다 잊었다. 광재 언니도 자신이 해낸 것에 대한 감동으로 히말라야에 눈물을 뿌려댄다. 병림 언니가 나를 안아주고 토닥인다. 그렇게 30분 정도 머물렀을까? 아쉬움을 안고 하산 길을 재촉했다. 정상에서의 30분은 10시간을 걸어온

사람에게 주어진 선물이었다. 이제는 또 산을 잘 내려가야 한다. 인생도 잘 내려가야 하는 것처럼 말이다.

이날은 새벽 5시 30분에 오르기 시작해 16시간을 걸었던 가장 힘든 날이었다. 병림 언니, 광재 언니, 그리고 내가 하산하니 모두들 용사의 귀환을 맞이하듯 환영해 준다. 정상에 오르지 못한 언니들은 아쉬움과 부러움으로, 우린 언니들이 본 산 아랫마을 이야기가 궁금했다. 피곤한 밤이었지만 우린 자기가 본 것들을 서로 이야기하고 나눴다. 언니들은 마을구경을 갔는데, 하룻밤 만에 우리 팀이 온 마을에 소문이 쫙 났더란다. 한밤중에 랜턴까지 켜고 산에서 내려온 게 그들 눈에는 이상하고 대단해 보였나보다. 그런데 언니들은 그 이야기를 어떻게 들었을까? 네팔어로? 영어로? 그게 안 됐을 텐데, 결국 손짓 발짓? ㅋㅋ 재미있었겠다.

롯지에 모여 이런저런 이야기들을 주고받으며 생각했다. 그녀들은 정말 체르코리 정상을 포기하고 어쩔 수 없이 마을을 구경한 것일까? 어쩌면 내가 정상에 오르는 대신 마을구경을 포기한 것은 아닐까? 단지 높기 때문에, 남들이 잘 오를 수 없는 정상이기 때문에 더 오르고 싶어 한 것은 아닐까? 마을에 남아있는 언니들 입장에서는 순수한 자연인, 네팔의 그네들 삶을 느끼고 공감하는 기회를 내가 포기한 것으로 볼 수도 있을 것이다. 마을 아이들과 사진도 찍고 눈으로 이야기를 나누는 것은 히말라야 높은 곳에 오르는 것보다 더 값진, 히말라야 꼬마의 세상을 나누는 것일지도 모른다. 우리 모두는 어느 것도 포기한 게 아니다. 각자 자신만의 히말라야를 오르고 보고 즐긴 것이다. 체르코리는 오색깃발 룽다가 휘날리는 곳만 정상이 아니다. 이전에는

지윤 언니, 신영이, 박사님은 히말라야의 어린 성자들과 웃음을 나눴다.

죽기 살기로 산을 올랐다면 이젠 내려갈 체력도 남겨두고 삶의 소소한 풍경들도 그냥 지나치지 않으리라. 삶을 순간순간 즐기리라. "히말라야 정상만 정상이 아니다. 지금 여기도, 그 누군가도 모두 히말라야다!" 김명자

유방암이 내게 준 귀한 선물

내가 히말라야에 갔을 때는 암 통보를 받고 수술과 항암주사, 방사선의 모든 치료가 끝나고 2년 반이 채 지나지 않을 때였다. 어려서 아버지를 여의고 어머니 혼자 우리 남매를 키우셨지만 크게 어려운 줄 몰랐고 졸업 후 직장을 다니면서도 뭐든 혼자 독립적으로 살아왔다. 미래에 대한 막연한 불안감은 있었지만 큰 굴곡 없이 살아왔고 건강하게 살아온 내게 암은 어느 날 갑자기 다가온, 그야말로 너무나 어이없는 사건이었다. 겁이 많은 난 '머리카락이 빠진 모습으로 일상생활을 할 수 있을까?' '항암제 부작용을 어찌 견딜까?' '마취가 깬 뒤의 고통은 어느 정도일까?' 많은 걱정들이 두려움으로 다가왔었다. 하지만 막상 닥치고 병원에서 시키는 대로 따르다 보니 수월하게 끝난 것 같아 그저 감사할 따름이다.

통증에 대한 두려움이 있었는데 수술 후 통증이 없어 얼마나 놀랐던지. 수술직후 의사선생님이 "많이 아프지요?"라고 묻는데 "아니요, 하나도 안 아파요"라고 대답할 정도였으니까. 그렇게 한고비 넘기고 재수술 때의 두려움도 그대로 통과. 항암주사치료도 혼자 충분히 견뎌낼 수 있으리라 생각해 항암주사를 맞은 직후 쇼핑을 하고 집으로 돌아가던 중 전신에 힘이 빠지고 두통이 왔다. 아차, 항암주사 후 4~5시간 후부터 증세가 오는 걸 몰랐던 거다. 치료 중엔 밥도 잘 챙겨먹어야 하는데 항암 부작용으로 집에서 홀로 괴로워하고 있을 때 구세주인양 오빠가 전화를 걸어왔다. 죽어가는 목소리를 들은 오빠가 시흥에서 우리 집인 서울로 오는 시간이 마침 퇴근시간인지라 그 기다리는 시간이 얼마나 길고 길던지. 짐도 제대로 못 챙기고 잠옷을 입은 채 초죽음 상태로 실려 갔다. 그렇게 항암주사치료를 받는 동안은 오빠네 집에서 생활하기로 했다. 죽도 먹고 나름 잘 견뎌내며 항암제가 어떤 패턴으로 오는가도 기억한 덕분에 나머지 항암주사치료 때는 수월하게 지나갔다.

아무것도 모르고 시작한 치료에 몸과 마음이 힘들고 외로웠지만 그 과정들을 잘 이겨낸 나 자신이 너무나 대견하고 장하다. 모든 것들에 감사하며 하루하루를 보내고 있을 때 합창단에서 히말라야 이야기가 나왔다. 당시 나는 합창단에 들어온 지 1주일밖에 안된, 나이도 제일 어린 막내였음에도 불구하고 두말 않고 "저요, 저요"를 외치며 회원명단에 내 이름을 제일 먼저 올렸다. 수술과 치료과정을 혼자 결정하고 잘 견뎌준 내 자신에게 대견하고 장하다고 스스로 칭찬해주고 뭔가를 선물로 주고 싶었다. 히말라야 등반은 이 모든 걸 이겨낸 내 자신에게 주는 선물로 충분하지 않을까? 그리고 히말라야에 다녀와서 그 선물을 준 내 자신에게 또 한 번 감사했다. ●동신영●

퇴원 후 한 달 정도를 지낸 뒤에야 비로소 전절제한 왼쪽 가슴을 거울에 비추어 보기로 했다. 그동안은 끔찍한 모습일까 두려워 차마 보지 못했었다. 목욕탕 불빛은 차마 켜지도 못하고 희미한 거실 불에 의지해 거울 앞에 섰다. 어? 수술자국도 생각보다 매끈했고 상상했던 것보다 꽤 괜찮다. 찬물을 마시면 없어진 가슴위로 찬 기운이 그대로 느껴졌는데 역시나 가슴에서 갈비뼈가 그대로 만져진다. 겨드랑이는 림프절 제거로 야구공은 거뜬히 들어갈 정도의 구멍이 뻥 뚫려 있다. 내 몸의 모든 암 세포는 가슴과 겨드랑이 림프절과 함께 이제 내 몸에서 영영 사라졌을 거라고, 그저 나 스스로를 위로한다.

실리콘으로 만든 인조 유방을 하고 거울을 본다. 감쪽같다. 예쁘다. 실리콘 유방은 나이를 먹지 않으니 조금씩 처지는 오른쪽 가슴보다 오히려 더 예쁘다. 머리가 없으면 가발을, 가슴이 없으면 인조 유방을. 상점에 가면 간단히 대체할 수 있는 것들인데 무슨 걱정이랴. 하지만 처음 얼마 동안은 푹 파인 옷 사이로 예쁜 가슴골이 보이는 여인네를 볼 때마다 약간의 질투가 나기도 했었다. 유방재건 수술을 한 동료의 가슴을 보며 "이제 가슴 파여진 옷을 입을 수 있겠다"고 덕담을 하기도 했지만 나는 내 어여쁜 인조 유방과 나의 건강함에 대만족이다.

유방암 수술을 하고 결혼한 환우들 대부분이 남편과의 성생활에 있어 정신적, 육체적으로 한동안 고민과 고통 속에 지낸다. 갱년기 여성이라면 호르몬 보충제를 먹어야 하는데 암 재발 방지를 위해 오히려 호르몬 억제제를 먹으니 더더욱 곤란하다. 나 또한 환우 선배들이 성생활에 대해 무관심한 걸 보면 가슴이 아픈 우리들은 으레 그런가보다 했었다. 그런데 간호대 교수님께서 한 말씀하셨다. "여러분이 정신적, 육체적으로 힘들다고 남편에게도 그 고통을 똑같이 주려 하나요? 성생활을 선반위에 소중하게 모셔만 놓지 말고 꺼내서 예뻐하고 즐기고 사랑하세요." 그 순간에 '아! 맞아, 고통은 나 하나로도 충분한데' 하는 생각이 들었다. 그이후로 결혼한 환우들을 만나면 내가 먼저 그 이야기를 꺼내곤 한다. 우리와 함께 아픔을 짊어지고 있는 불쌍한 남편에게 그 고통까지는 주지 말자고.

인생을 살아가노라면 정신적인 상처는 계속 채워 넣을 수가 있겠지만 우리네 육체야 어디 그러한가. 각종 사고와 질병으로 인한 상흔들, 또 세월이 남기고 가는 흔적들이 가끔씩 우리를 슬프게 한다. 하지만 설악산의 위풍당당한 모습은 그 모습대로, 또 할머니 품처럼 푸근함으로 우리를 감싸주는 지리산의 모습 또한 그 얼마나 멋진가. 인적 드문 깊은 산속으로 들어가면 갈수록 숨 막히게 아름다운 비경이 나타나듯 우리들 가슴속 저 깊숙한 곳에 감추어진 아름다움에 비한다면 우리네 육체의 얼룩진 상처들이야 이런들 어떠하며 저런들 어떠하리. 이병란

3부

올라갈 땐
볼 수 없었던
소 박 한
아 름 다 움

4계절을
겪을 수 있는 히말라야,

그리고
나의 인생

우리 합창단들은 성지의 호숫가에서 합창을 한다. I Have a Dream,
그래 무엇을 달리 설명하고 말하랴. 그 아름다운 자연에도 꿈이 있
다. 우리는 모두 그곳에서 맑은 꿈을 꾸어 보았다. 그들은 희망의 메
시지를 문명에 있는 다른 아픈 이들에게 전하고자 최선을 다 하지만
그런 것들은 우리가 사는 곳에서의 입장이다. 그 곳 히말라야에서는
그냥 꿈일 뿐인 것이다.

맛난 음식과 향기로운 차와 산과 들의 아름다운 자연을 찬미하며 지
낸 하루. 그리고 말기 암 환자가 진통제 주사를 맞으며 침대에 누운
채 임종을 기다리며 보내는 하루. 이런 각각의 모든 하루하루가 너무
도 소중하고 찬란하게 아름답다는 것은 죽음이라는 공포에 뒷덜미
를 잡혀본 사람만이 느낄 수 있는 신의 축복이 아닐 런지…….

이번에도 환우님들의 성화에 못 이기는 척 히말라야 등반을 한다. 무려 2주간의 일정이다. 사실 그들의 제안이 오면 수줍은 여인처럼 어떻게 해 주기를 바라며 그냥 못 이겨 버려야 한다. 그렇지 않으면 나의 빡빡한 일정과 수많은 환자분들을 뒤로하고 단 이틀도 자리를 못 비울 테니 말이다. 환자분들이 나에게 모든 것을 맡겨 왔듯 이제 나 자신을 그들에게 맡겨 버린다. 그 덕분에 그들과 함께 우리나라 큰 산들은 다 올라갔다. 지리산, 설악산, 한라산, 백두산, 이젠 히말라야까지.

하지만 히말라야는 장난이 아니다. 높이 올라갈수록 숨이 많이 차고, 고산병으로 사망한 사람도 있다고 주변의 심장병 전문의가 충고한다. 하지만 그런 협박이 있을수록 나는 더 강해진다. 지난번 백두산에 오를 때에는 신문, 방송에서 곧 천지의 화산이 터진다고 협박했었다. 제법 많은 환우분들도 여행을 포기했다. 그런데 내가 설득했다. 수백년 만에 화산이 터지는데 그 순간에 우리가 함께 있다면 얼마나 영광인가? 그리고 함께 뜨거운 용암 속에 같이 묻히면 얼마나 좋은가? 그렇지만 히말라야는 겁이 난다. 떠나기 전날, 같은 병원 시경석 교수는 박

영석 대장, 이식환자들과 함께 6,000m 에베레스트 등반 이야기를 해 준다. 흠, 겁이 살살 났다. 그런데 가만히 생각해 보니 나보다 강하다고 할 수 없는 환우분들과 함께 오르지 않는가? 내가 가장 강한 척을 해야 한다. 맞다, 나는 강할 수밖에 없다.

여행 첫날 평생 처음 방문하는 카트만두 공항에서 병풍처럼 흰 산들이 어마어마한 위용을 보여준다. 아직 링 위에 오르지도 않았는데 보는 것만으로도 오금을 저리게 한다. 백두산보다 세배는 높아 보이는데 우리가 저곳에 오르는 거야? 그래도 5,000m정도니까 괜찮겠지? 아니야, 3,000m만 넘으면 고산병 증세로 기진맥진한다는데. 앗, 이건 또 웬 뉴스? 에베레스트에 새로운 길을 개척하러 갔던 박영석 대장이 실종이란다. 착찹한 가운데 카트만두의 호텔에 들어섰는데 한완용 대장으로부터 주의사항을 전해 듣는다. 우리 대장님이 얼마나 믿음직하고 멋져 보이는지. 카트만두가 자랑하는 양고기, 닭고기로 첫 저녁식사를 하고 남자 대원들은 한국식당에서 소주를 하며 결의를 다진다. 아니 두려움을 감추고 싶은 것이다.

다음날 아침 호텔을 출발해 버스에 올라야 한단다. 앗, 이것은 무엇인가? 분명 등산을 간다고 했는데 〈인디아나 존스〉에 나오는 그런 허름한 버스에 지붕 위 짐칸에는 짐들과 사람들이 타고 있다. 눈을 돌리기도 무서운 낭떠러지 벼랑 끝을 아슬아슬하게 지나간다. 자세히 보니 바퀴가 살짝 허공에 걸쳐져 있기도 했다. 운전자는 이제는 익숙해 평지보다 더 잘 달린다는 위로의 말을 한다. 다행히(?) 우리는 버스 안에 타고 있었지만 그래도 밀려드는 이 공포. 낭떠러지 밑으로 어쩌다 추락한 버스들도 보인다. 다시 생각하기도 싫은 그 산길을 10시간 가량

지나 정식 산행이 시작되는 샤부르베시의 호텔에 짐을 풀었다. 이제 고산병 때문에 10일 이상 머리도 못 감고 목욕도 못 한다니 황당하다. 눈을 지그시 감는다. '너 아주 어릴 때 그랬잖아! 이제 좀 산다고 매일 샤워하니까 뭐, 대단히 다른 줄 알아? 너 그 때 엄마가 이 잡느라고 참빗으로 이 털어내던 것도 생각나잖아?' 아! 그렇다, 이것이 바로 수양이다. 난 변한 것이 없다. 내 주변이 달라졌을 뿐이다.

다음날 아침, 드디어 본격적인 등반의 첫날이다. 아니 여기에 도착한 뒤로는 매일 매일 놀라기만 하는 나, 오늘 아침은 출발하기도 전에 화들짝. 우리가 준비한 30kg도 더 돼 보이는 짐 두 개를 줄로 꽁꽁 묶어 나이가 50도 더 되어 보이는 포터들이 끈 하나로 짐을 이마에 간단

히 메고 출발한다. 아니, 그런데 신발은 그냥 슬리퍼다. 앗! 아까 놀러
온 듯한 앳된 여자애들도 이마에 짐을 메고 있다? 반면에 내 모습은 어
떠한가? 얼어 죽을까봐 중무장 하고 튼튼한 등산화에 무거운 짐들은
모두 포터에게 주고 달랑 가벼운 배낭 하나 그리고 그 표정, 무슨 엄청
난 대사를 앞둔 비장함이라니. 살며시 부끄러웠다. 그렇게 25여 명의
포터, 5명의 취사대원인 쿡, 2명의 셀파, 그 뒤를 따르는 우리 9명의 환
우와 대원들인 제법 큰 부대가 출발한다.

　　히말라야의 첫발은 무척이나 경쾌했다. 따사한 봄빛으로 시작해 중
간에는 다소 초여름과 같은 더위에 옷을 하나하나 벗어 나간다. 중간
중간 무섭게 흐르는 개울물에 놀라기도 하고 새로운 자연에 수줍기도

하고 거대함에 겸손을 느끼기도 한다. 출발 1시간쯤 되어 알레르기로 호흡곤란이 온 사진작가님을 귀환시키고 오후 6시 넘어 그날의 등반을 마치고 롯지에 짐을 풀고 시원한 맥주를 한잔 하고 있었다. 그 때 갑자기 박경희 단장의 온몸에 쥐가 났다며 빨리 와 달라는 소식을 들었다. 머리에 랜턴을 켜고 달려 간 곳은 이미 아수라장. 사람들은 온 몸을 주무르고 당사자는 아프다며 소리를 치고 이미 내가 오기 전에 손, 발 떠며 쥐가 나게 하는 방아쇠를 계속 자극하고 있었다. 이것은 웬 상황? 다리의 쥐는 보았지만, 전신이 쥐? 일단 진정시켜야 했다. 믿음을 주어야 했다. 쥐는 다리가 시작점이었다. 최대한 엄지를 위로 당기고 안았다. 그가 느끼는 온몸의 쥐를 나와 나누어야 한다. 아! 이럴 때, 발륨 주사와, 근 이완제 주사만 있다면⋯⋯. 하지만 가진 것은 오로지 진통제뿐. 다소 진정이 된 박경희 단장은 밤사이에도 몇 차례 발작이 있었지만 발작이 멈추면 우스개 소리로 모두를 얼마나 웃겼던지 옆방의 외국인이 항의를 했다. 새벽에 결심을 했다. 박경희 단장을 돌려보내기로. 나머지 우리들은 일행과 합류한다.

오르는 도중 불쑥 튀어 오르는 랑탕 코스의 두 번째 봉에 놀라며 사진을 찍어 댄다. '아, 저렇게 높은 산도 있구나.' 살짝 고산증이 온다. 걸음이 다소 처지고 뛰면 숨이 차는 정도인데 이정도면 까짓것.

산속에 온지 3일째가 되었다. 이제 몸을 안 씻어도 상쾌(?)하다. 아침 6시면 어김없이 차를 나누며 깨워주는 네팔인들의 모닝콜에도 익숙해진다. 그 해맑은 얼굴들, 눈이 마주치면 살며시 웃고 피하는 어린 처녀들, 그들에게 윤리 교육이 필요할까? 그들도 암을 걱정할까? 할아버지 같이 보이는 포터의 나이는 40대라고 하는데 어김없이 아침에는 우리가 덜어낸 무거운 짐들을 이마에 걸고 뛰어 앞선다. 왜 자꾸 그들을 보면 부끄러운 생각이 드는 것일까? 문명을 떠나선 잠시도 살지 못하는 우리들, 언제부터 이리된 것일까? 산길 중간에 마주치는 검게 타고 냄새나는 주민들, 사탕을 달라고 손을 벌리는 아이들, 당나귀, 야크. 이들은 그 엄청난 자연과 분리되어 있지 않다. 그저 한 부분이다. 어릴 적 시골의 평상에 누워 별을 세던 기억이 난다. 쏟아지는 별들과 은하수. 하지만 히말라야의 밤은 아예 하늘이 온통 별이다. 별을 가리킬 수조차 없다. 그 자연에 있는 것들은 어느 하나 구별지어지지 않는다. 모두가 히말라야인 것이다. 그곳에서는 왜 사느냐? 인생이 무엇이냐? 이런 질문은 통하지가 않을 것 같다. 혹시나 우리가 그들을 오염시킨 것은 아닐지, 그들의 자연을 파괴하고 있지 않을지, 우리의 때를 뻔뻔하게 그곳에 묻히지는 않을지 조심스럽다. 이러 저런 생각들 때문에 롯지에서 아무 생각 없이 닭을 잡아 달라고 해서 닭볶음

탕을 먹으며 그들의 소주인 럭시를 기울이던 것이 후회가 되기도 한다. 왜냐하면 그 닭들은 그들에게 매일 달걀을 제공하는 자연이기 때문이다.

　코스 중 첫 번째 정상인 걍진리로 향할 때였다. 앗, 이것은 웬 상황? 우습게만 보았던 고산병이 4,000m부터 내게도 온 것이었다. 빠개질 듯한 두통, 온 뱃속을 꺼내고 싶은 오심, 주위를 둘러보니 이병림 대표가 물끄러미 내려다보고 있다. 저 양반은 아무렇지도 않은 모양이지? 나에게 쏟아지는 격려의 말, 충고. 한 걸음을 2cm씩 오르며 숨도 고르며 그래도 걍진리 꼭대기에 오른다. 예수님도 십자가를 메며 가는 길이 그랬을까? 죽을 것 같은 호흡곤란에도 정상에 서니 다 잊혀진다.

사진 사진. 이병림 대표와 둘이 작은 깃발을 들고 7,227m의 랑탕리룽을 배경으로 찍은 사진은 매번 강좌 때마다 써먹는다. 사진을 보면 마치 히말라야 제일 꼭대기를 정복한 사람처럼 보인다.

하행길은 수월했다. 하지만 랜턴을 켜고 본 길은 내가 저길을 걸어왔다고? 할 만큼 놀랐다. 그날은 한 번 더 놀라고 잠이 들었는데 되돌아갔다고 생각한 박경희 단장이 롯지에 나타난 것이다. 과연 내가 배운 의학이 맞는 것일까? 필경 우리가 알고 배운 것은 그냥 산수일 것이다. 그 위에 엄청난 정신의 힘, 영적인 힘이 존재하리라. 갑자기 수리수리 마수리가 외워진다.

일정의 D-day인 우리 산행 중 제일 높은 봉우리 체르코리에 도전한다. 기록에 도전하겠다고 전의를 불태운다. 불사조 이병림 대표, 박경희 단장, 환우 네 분과 나, 산악인들이 랜턴을 밝히며 한걸음 또 한걸음 걷는다. 앞뒤로 6,000~7,000m의 봉우리들도 이제는 너무나 익숙해 놀라지도 않는다. 4,000m를 지나니 아니나 다를까 또 그 님이 오신다. 아, 어제의 기억. 나보고 또 그 고행을? 그래도 어제 적응을 했으니 이길 수 있을 거야. 4,700m쯤 오르니 체르코리가 눈에 살짝 덮여 보인다. 우리는 최후로 힘을 짜내기 위해 잠시 쉬기로 한다. 박경희 단장과 나는 나오는 것도 없는데 간간히 토하면서 간신히 합류한다. 그런데 우리는 죽을 맛인데 그들은 뻔뻔스럽게 초콜릿, 싸온 간식들을 천연덕스레 들고 있다. 고개를 돌린다. 쳐다만 봐도 메슥거린다. 앗! 그런데 나에게 다가와 이것 먹어보라고 저것 마셔보라고 한다. 나도 먹고 싶다고오~

한완용 대장 왈, 저 앞의 봉우리까지 약 300m, 그런데 2시간은 더 걸린단다. 2시간을 내가 더 버티면 아마 난 실려서 갈 것이야. 그러면 나를 필요로 하는 환자들은 어찌하나? 그 순간 불쌍한 눈빛의 박경희 단장과 눈이 마주친다. 그래, 이만큼이면 충분해. 아니 7,000, 8,000m 아래에 5,000m에 오르면 완등 한 것이고 4,700m 오르면 아무것도 아 닌가? 우리가 올려보니 그리 생각되지 8,000m에서 내려다본다면 그 게 그것이지. 드디어 박경희 단장 설득에 성공. 우리의 하산을 도울 최 대장과 셋이서 하산을 한다. 그래, 너무나 옳은 결정이야, 잘한 것이 야. 그런데 왜 자꾸 뒤가 돌아보아지지? 조금만 참아 볼 걸 그랬나? 고 생 끝에 봉우리에 올라간 사람들은 얼마나 성취감에 희열과 오열을 할 까? 부럽다. 내가 아무리 8,000m 아래는 다 똑같다고 했지만 말이다. 아, 그런데 하산 길도 장난이 아니었다. 어디 지나가는 택시 없나?

오늘은 12시간이나 산에 머물다 숙소에 도착하니 밤 8시 30분. 파 김치로 잠을 자고 아침에 일어나니 모두가 아침인사를 한다. 아무도 뽐 내지 않고 "해냈어요." "올랐어요." 그렇다, 우리 모두가 다 해낸 것이다. 그저 히말라야 자연의 한부분이 될 수 있었다는 것만으로 우리는 아 주 크나큰 가르침을 받는다. 겸손.

롯지에서 침낭에 열발생 모래십을 넣고 코만 내놓고 그 추위에도 낮 동안의 피로에 골아떨어진다. 고도를 오르내리며 달라지는 봄, 여 름, 가을 그리고 겨울. 3,350m의 신곰파를 거쳐 인도인의 성지 4,380m 코사인쿤드 그리고 마지막 카트만두 근처 순다리잘까지 매일 매일 하 루 온종일을 걸었다.

우리 합창단들은 성지의 호숫가에서 합창을 한다. 'I HAVE A DREAM', 그래 무엇을 달리 설명하고 말하랴. 그 아름다운 자연에도

순수한 네팔인들, 그들과 나는 금방 친구가 된다.

꿈이 있다. 우리는 모두 그곳에서 맑은 꿈을 꾸어 보았다. 그들은 희망의 메시지를 문명에 있는 다른 아픈 이들에게 전하고자 촬영도 하고 최선을 다 하지만 그런 것들은 우리가 사는 곳에서의 입장이다. 그 곳 히말라야에서는 그냥 꿈일 뿐인 것이다. 노동영

히말라야, 정말 잊을 수 없는 곳이다. 환자에서 벗어나고자, 20년 투병 생활도 던져버리고자 힘차게 출발한 곳에서 나는 또 다른 환자가 되어버렸다. 소위 산에 가면 잘 난다는 쥐, 쥐!! 근데 히말라야 쥐는 보통 쥐가 아니었다. 하지만 결국 대한민국 최고의 명의가 그 쥐를

잡긴 잡았다. 그리고 냉정하게도 하산을 명령하셨다. 20년 전엔 나의 유방을 가차 없이 잘라내시고는 "잘 먹고 스트레스 받지 말고 건강하게 살아라" 하시더니 이번에 그깟 쥐 때문에. 쥐를 잡았으면 같이 올라가자고 할 것이지 이번엔 나의 히말라야 꿈을 가차 없이 잘라내셨다. 원망스러웠지만 감히 그 명을 누가 거역하리오.

'가릭스프'라 불리는 이 마늘스프는 고산병을 치료하는 네팔인들의 민간요법인 것 같다.

노박사님의 하산명령과 함께 본대로부터 나의 짐이 내려왔다. 이제 남은 사람은 셀파 노르부와 꾸마르, 그리고 박경희. 이 첩첩산중에 불도 없어, 말도 안 통해, 연락도 안 돼, 친구도 없어, 나는 어떡하라고~. 하산하는 길? 아니 그건 뭐 쉬운 일인가? 걸어온 길을 상상해보니 정말 말도 안 되는 일이다. 설령 카트만두로 간다 해도 거기서 또 뭐하냐고. 혼자 우두커니 긴 장고의 시간 끝에 내린 결론은 '본대를 따라가는 것이 제일이다' 판단하고 나의 소중한 대원 놀부 셀파와 꾸마르 포터. 그들에게 "UP, GO"를 외치며 셋이서 외로운 산길을 걷기로 했다. 놀부의 이름은 '노르부'인데 내가 '놀부놀부'라고 불렀다.

"가릭스프." 놀부는 고산병 때문에 머리가 아픈 내가 걱정스러운지 이거 저거 먹으라 했지만 나는 속이 뒤집혀 먹을 수가 없다. 무슨 스프를 들고 "가릭가릭" 하면서 손가락으로 자기머리를 가르키며 "노~노"

를 외친다. 참고로 가릭스프는 멀건 마늘 스프인데 먹으면 머리가 아프지 않다는 박경회 통역사의 말씀이다. 흐흐흐. 나는 안 먹겠다고 팔을 내저었지만 놀부의 울 것 같은 표정을 보니 내가 이걸 꼭 먹어야 된다는 뜻인가 보다. 놀부의 걱정을 덜어 준다고 먹긴 했지만 머리는 어쩐지 몰라도 속은 정말 죽을 지경이다. 기운 없어 보이는 내게 그래도 그곳에 오래 살았다는 놀부가 내 체력을 지탱해 줄 수 있는 음식을 주려는 마음이 그저 고맙기만 하다. 갈릭스프는 아마도 히말라야 고산병에 대한 민간요법의 한 종류가 아닌가 생각된다. 놀부가 이것저것 나를 위해 챙겨주려는 마음은 놀부 심보가 아닌 천상 흥부 마음일세 그랴.

그래도 오뉴월 하루 햇살이 무섭다고 놀부는 21살 어린 나이인데도 결혼을 해 벌써 아들이 있단다. 내가 열심히 손짓발짓 보디랭귀지로 이야기하면 씩 웃으면서 같이 보디랭귀지다. 아내는 예쁘다 했고 아들이 보고 싶어 이 여행이 끝나면 집으로 돌아간다고도 했다. 역시 통역사 박경회의 통역임. 간간히 걸어가며 나눠먹자고 건넨 간식도 놀부 입속이 아닌 놀부주머니 속으로 들어간다. "why?" 했더니 "son", 아들 갔다 주겠다는 뜻 아닌가. 나이는 어린것이 아빠라고 자식을 챙기는 것을 보니 문득 아직 장가 못 간 나의 늙은(?)아들 생각이 나네. 자고로 동서고금을 막론하고 남자는 장가를 가야 철이 나나보다. 포터 꾸마르 나이는 중학생 정도, 체구는 작지만 큰 짐을 이마에 잘도 걸치고 걷는다. 이것저것 나누어 먹으며 열심히 보디랭귀지를 하면 그냥 웃기만 한다. 새까만 눈동자와 웃는 모습이 무척 인상적인 아이였다. 밤엔 롯지 내 옆 침대에서 우리 셋은 함께 잠을 잔다. 히말라야 깊은 산속에서 이렇게 어린남자와 한방에서 잔사람 있으면 나와 봐!!

짐이 될까 걱정했던 고따로는 낯선 사람들, 낯선 곳에서 내 든든한 아들이 되었다.

　　놀부와 꾸마르 외에 여기 말 안 통하는 또 한 사람이 있다. 일본청
년 고따로가 그 주인공인데 내가 히말라야에 간다고 고따로네 가족에
게 자랑을 한 것이 화근이다. 고따로네 엄마는 일본에 있을 때 친해진
일본 아줌마인데 무심결에 고따로에게 "너두 갈래?"하고 던진 말에 고
따로 엄마가 꼭 좀 데려가 달랜다. 정말 가볍게 지나친 말이 현실로 이
어졌다. 고따로가 본격적으로 간다고 나서니 걱정이 앞섰다. 우선 말
이 안 통하고 음식도 그렇고 그리고 요놈, 수줍음도 많고 말수도 적고
집에서 하는 거 보면 내가 데려간다고 해도 영~자신이 없다. 이래저래

하산결정이 내려진 나와 같이 산을 오른 고마운 내 친구들. 내 좌우로 놀부와 꾸마르.

공갈협박으로 겁도 주고 경비도 우리보다 더 들었지만 우여곡절 끝에
함께 가게 됐다. 짐이 되면 어쩌나 했는데 오히려 내가 짐이 되고 말았
다. 내가 쥐가 나서 하산하느라 혼자 낯선 대원들을 따라가야 했고 내
가 고산병으로 고생할 때 걱정스럽게 쳐다보며 "엄마, 괜찮아?"를 외치
며 등을 두드려주기도 했다. 하는 짓이 어리다고 항상 놀렸었는데 함께
간 대원들과도 잘 어울리는 것을 보니 역시 젊음 앞에서는 어쩔 수 없
나보다. 고타로는 씩씩한 청년이고 나는 일본 아들을 하나 얻었다.

　무사히 산행을 마치고 일본으로 돌아간 고타로는 히말라야에서 배
운 한국말 "아이고" "먹~어" "안~먹~어" "아니~ 아니~" "안~돼" "하
~지~마~" "엄~마" 하며 어눌한 말로 아무데서나 중얼거린다며 이게
무슨 뜻이냐고 고타로 엄마가 내게 묻는다. 애고, 어째 한국말이라고

배운 것들이 모두 부정적인 것뿐이네. 그래도 "리쌍삐리리"를 부르며 춤도 추고 히말라야를 다녀온 후 아들이 '타크마시끄'(건강하고 어른스러워 졌다는 뜻)라며 고타로 엄마가 고맙다는 인사를 한다. 기회가 되면 자기 동네에 모두 같이 놀러오란다. 흥, 뱅기 값이라도 보태주면 몰라도 일본이 대전, 부산쯤 되나?

병과 함께 치료와 완치의 길로 인도해주는 사람이 의사라면, 힘든 산행 길을 안전하게 동행해 주는 이는 셀파와 포터, 가이드, 쿡이다. 등반 내내 놀부와 나는 끝내 영어나, 한국어로 말하지 못했다. 하지만 말이 필요 없다. 그저 웃으면 된다. 이틀 밤을 나와 함께한 놀부와 꾸마르. 히말라야와 함께 잊을 수 없는 내 친구들이다. **박경희**

암 선배님, 암 후배님을 위해
기꺼이 상처를 내보인다

유방암 진단을 받고 대부분의 암 환우들이 그랬던 것처럼 나또한 '부정-분노-받아들임' 이 과정을 여러 차례 반복하며 겪었다. 받아들임 과정 이후 치료를 받는 동안 삶과 죽음사이를 왔다갔다하며 이전의 나를 계속 뒤돌아보게 되었다. 이러이러한 것을 이루지 못하면 행복할 수 없다고, 내 인생 최고의 선이라 생각하며 아등바등 했던 것들이 과연 옳았던 것일까. 열심히 산다는 것의 기준은 무엇일까. 저만치 목표를 정해놓고 그것을 향해 하루하루 열심히 살아가는 그것일까? 내게도 아직 먼 미래의 계획을 세운다는 것은 유효한 일일까? 누구에게나 미래란 결정된 것이 아니라고는 하지만 지금의 난 언제 어떻게 될지 모르는 '암'이라는 덫에 걸려버렸다.

10년 전 가을, 유방암에 걸린 그해는 20여 년 넘게 다니던 직장을 그만두고 무언가 새로운 일을 해보고 싶어 오랜 기간 열심히 찾아다니다 이제 막 시작하려던 참이었다. 하지만 유방암3기라는 암초 앞에 내 꿈은 나 스스로 산산조각 내버렸다. 외과, 종양내과, 방사선과 등 병원을 친정 드나들 듯 자주 들락거리다보니 유방암 환우회에도 조금씩 힘을 보태게 되었다. 다른 환우들보다 조금먼저 치료를 받았다는 그 이유 하나로 이제 막 유방암 진단을 받고 두려움과 공포로 무장 해제 된 모습으로 진료실 맞은편 상담실로 들어오는 환자의 두 손을 맞잡고 함께 울고 위로의 말 한마디에 미소를 짓는 모습을 보며 나도 같이 웃는다. 그들의 소소한 질문에 답하고 두려움에 떨고 있는 손을 잡아주는 일에 나는 얼마나 큰 환희를 느꼈는지 모른다.

환우회 일을 하면서 간호사선생님의 교육시간 끝자락에 들어가 여자로서, 인간으로서의 품위라고는 찾아볼 수 없는 환자복에 링거병을 꽂고 눈물을 글썽이며 앉아 있는 환우들과 남편, 엄마 또 자매들은 앞에서 무슨 말을 하는지 한 마디라도 놓치지 않으려 귀를 종긋 세우고 그들 앞에 건강한 모습의 내가 이런 말을 시작한다. "저 유방암 3기였어요." 이렇게 말하면 앞에 앉아 있던 환우의 눈에서 벌써 눈물이 쏙 들어간다. 내가 한 마디 더 보탠다. "제 불행이 여러분의 행복으로 바뀌었네요." 다들 안도의 미소가 가득하다.

요즘도 가끔 등산을 함께 하는 유방암 후배가 나에게 이런 말을 했다. 그때 교육실에서 나를 만난 건 어느 유명 스타를 만난 것보다도 더 기쁘고 경이로웠다고. 직업인으로서는 결코 느낄 수 없었던 기쁨일 것이다. 환우를 위한 봉사는 그 아픔을 겪은 사람만이 함께 할 수 있는 아주 진한 그 무엇이 있기에 나의 조그마한 힘을 보태는 그 시간과 정열이 조금도 아깝지 않다. 오늘 내가 환우들과 함께하며 보낸 하루, 노동을 하며 열심히 보낸 어떤 이의 하루, 맛난 음식과 향기로운 차와 함께 산과 들의 아름다운 자연을 찬미하며 지낸 하루. 그리고 말기 암 환자가 진통제 주사를 맞으며 침대에 누운 채 임종을 기다리며 보내는 하루. 이런 각각의 모든 하루하루가 너무도 소중하고 찬란하게 아름답다는 것은 죽음이라는 공포에 뒷덜미를 잡혀본 사람만이 느낄 수 있는 신의 축복이 아닐 런지…… 이병림

유방암인 것 같다며 동네병원에서 큰 병원으로 빨리 가보라고 말했을 때, 그저 큰 병원이라는 이유로 서울대병원을 향했고 물어물어 노박사님께 진료를 받았다. 여느 큰 병원이 그렇듯이 외래진료실에는 하루 200여 명이 넘는 환자 때문에 의사와 환자와의 대면은 거의 2~3분 만에 끝이 난다.

내가 수술을 받으러 수술실로 들어갔을 때 저승사자에게 잡혀 온 듯 몸도 마음도 추워 눈을 감은 채 떨고 있었는데 은은한 음악과 함께 따뜻한 침대로 옮겨졌다. 눈을 떠보니 수술을 집도하실 노박사님과 마취담당 교수님이 나를 내려다보고 계셨다. 그 당시 다른 병원에서 마취로 인한 사고들이 보도되던 터라 마취담당 선생님께 잘 부탁드린다고 했더니 수술실에서 마취를 잘해달라는 환자는 처음 본다며 껄껄 웃으신다. 노박사님께도 잘 부탁드린다고 했더니 염려 말라며 떨고 있던 내 손을 잡아주신다. 두 선생님의 위로를 받으며 마취제의 기분 좋은 몽롱함 속으로 빠져 들어갔다.

수술을 마치니 겨드랑이에 있는 림프절을 제거했기 때문에 팔의 부종이 올 수 있으니 각별히 주의해야 한다며 담당간호사의 엄격하고 자

상한 지도와 훈련이 있었다. 퇴원 후 외래진료실 방문에 붙어 있던 '서울대병원 유방암환우회' 알림장, 그 조그마한 쪽지의 발견이 유방암 이후의 내 인생을 바꾸어 놓는 계기가 되었다. 치료를 받으러 병원에 가면 '암' 선배에게 의지하고파 생면부지의 사람에게도 전화번호를 묻곤 했었는데 유방암 선배들로 가득한 '유방암환우회'라니, 횡재한 듯한 기분이다. 우리들을 위해 의료진이 함께 만들고 동참한 환우회. 우리 환우들이 부르는 곳이라면 백두부터 한라산까지, 대한민국 동서남북은 물론 저 멀리 히말라야까지 마다 않고 달려오시는 노박사님.

유방암은 암세포가 아주 천천히 성장하는 특성 때문에 수술 후 5년이면 완치 판정을 받게 되는 다른 암과는 달리 평생 졸업이 없는 암이다. 수술과 치료과정 때에는 가족과 친지들의 많은 관심 속에 있지만 모든 일이 그렇듯 관심은 점차 사라지고 우리들 각자 홀로 먼 길을 가야한다. 그래도 항상 우리와 함께 길동무 해주시는 의료진과 동료환우들이 곁에 있기에 무서운 호랑이에게 다시 덜미를 잡힐지 모르는 머나먼 길이 외롭지 않고 두렵지도 않다. 이병림

으악~

도대체 평지만
며칠을 걷는 거야?

평지는 안락하고 편한 길 같지만 때로는 걸어도 걸어도 끝이 보이지
않아 막막할 때도 있다. 인생도 마찬가지다. 왜 나만 이런 고통을 겪
을까 싶던 아픔도 금세 평안과 행복이 찾아오기도 한다. 하지만 평안
한 삶만 계속 이어지는 인생도 의미가 있을까?

내가 이렇게 아름다운 꽃이었구나, 나 자신도 알지 못하는 향기가
이렇게나 많이 내안에 있었다니 나는 꽃밭이었구나. 아직은 모종에
지나지 않지만 잘 가꾸어 사랑하는 내 이웃들의 바람대로 예쁜 꽃이
되고 싶다는 생각이 강하게 든다. 내 꽃밭에 언제든 들어오세요. 와
서 맘껏 놀고 쉬다 가세요.

출국 전 여행사의 설명회를 통해 도봉산 산행 수준이면 누구나 히말라야에 도전할 수 있다는 말을 듣고 가뿐하게 "나도 할 수 있겠지?" 생각했었다. 하지만 인터넷을 검색해가며 '랑탕-코사인쿤드' 사진을 찾아보기도 하고 서점에서 서적들을 구입해 읽어 보기도 했지만 잘 오를 수 있을지 여전히 걱정도 많았다. 하지만 걱정했던 히말라야는 내게 아름다운 모습을 보여줬다. 야생 원숭이들의 재롱과 천해의 자연을 간직한 랑탕계곡은 지상에서 가장 아름다운 계곡 중 하나로 불릴 만큼 눈부시게 아름다웠다. 아름다운 꽃들과 초록의 들녘, 열대를 오가는 깊은 수림, 만년설의 흰산 등을 차례대로 접할 수 있고 봄, 여름, 가을, 겨울 날씨를 동시에 모두 체험할 수 있다. 만년설이 녹아 만들어진 물은 숲과 계곡을 더욱 풍성하게 만들었고 아기자기한 숲과 밭, 논 등이 우리나라 시골 들길을 연상하게 했다.

사진작가 선생님이 쓰러져 카트만두로 귀환, 박경희 단장님 다리에 쥐가 나 하산하는 일들이 연이어 일어나자 우리 모두 여행 전 걱정했던 일들이 생각났다. '정상을 못 가고 돌아가게 되면 어쩌지.' 하지만 걱정

에도 불구하고 우리의 등반은 계속 되었고 낯설고도 새로운 모든 풍경들이 실로 너무나도 아름다웠다. 저만치 보이는 산이 무슨 산이냐고 옆에 있던 셀파에게 물어보니 "그냥 앞산"이란다. 높은 산이 하도 많다 보니 따로 이름 없는 산도 많단다. 다음 날도 가도 가도 이어지는 오르막 내리막길들이 우리를 반긴다. 며칠을 걷고 있는 건지 도대체 모르겠다. 정말 며칠을 평지만 걷다 보면 욕이 나올 지경이다. 걷고 또 걸으며 넓게 펼쳐진 고원지대를 지나 언덕을 넘자 저만치에 말로만 듣던 걍진 곰파 설산이 병풍처럼 아름답게 펼쳐진다. 산행 도중 야생 야크들도 보인다. 야크는 4,000m 이상에서 사는 고산 동물이기에 3,500m이하의 저지대에 내려오면 적응을 못해 오히려 힘들어한다는 말이 신기했다.

하지만 지금 나는 저 야크가 참말로 부럽다. 나도 고산병 없이 고산 지대에 잘 적응하고 싶다!

우리들 9명은 나란히 걸으며 노래도 부르고 꽃도 한 번 만져보고 즐겁게 걸었다. 힘든 오르막이 있는가 하면 좀 더 여유를 가지고 걸을 수 있는 평지도 있다. 평지는 안락하고 편한 길 같지만 때로는 걸어도 걸어도 끝이 보이지 않아 막막할 때도 있다. 인생도 마찬가지다. 우리가 살아가는 삶에도 왜 나만 이런 고통을 겪을까 싶던 아픔도 금세 평안과 행복이 찾아오기도 한다. 하지만 평안한 삶만 계속 이어지는 인생도 의미가 있을까? 생각하며 그렇게 계속 앞을 향해 걸었다.

추억을 돌아보며 여러 생각들을 뒤돌아본다. 좀 더 마음의 여유를

가지고 즐기면서 걸었으면 좋았을 걸 하는 아쉬움도 든다. 난 고산병
으로 체르코리 정상은 밟지 못했지만 무사히 건강하게 사랑하는 가족
의 품으로 돌아올 수 있음이 새삼 참 감사한 일이라는 생각이 든다. 야
크처럼, 난 가족들 안에서 평온을 느낀다. 이순영

히말라야는 황량하기도 하지만 풍경이 아름다워서 여유 있고 평화
로우며 자유를 만끽할 수 있는 곳이다. 다만 문명이 발달되지 않아 사
는데 조금 불편함이 있을 뿐. 우선 가장 불편한 건 전기가 들어오지 않
는다는 거다. 해가 지면 사방이 캄캄해 헤드랜턴이 없으면 밖에 나가기
어렵고 방안에서도 촛불을 켜고 있어야 한다. 그러니 저녁 식사가 끝나
면 대충 물티슈로 씻고 침낭 속으로 들어가 자는 수밖에. 그러나 아침
이 되면 상황이 달라진다. 조그만 창을 열면 상큼한 공기가 가슴을 파
고들고 웅장한 산들이 병풍처럼 사방을 둘러 포근하고 구름은 산허리
를 유유히 흐르고 멀리 보이는 설산은 하늘 위에 솟아 있다. 한 폭의
그림이 이보다 더 아름다울 수 있을까? 휴대폰을 사용할 순 없지만 풀
밭을 뛰노는 야크들을 바라보며 이름도 없는 뒷산을 배경삼고 흐르는
계곡을 음악 삼아 한 잔의 티를 마시며 동료들과 도란도란 이야기를 나
누며 산을 바라보는 여유를 어디 가서 누려볼 수 있을까? 내가 본 히
말라야 사람들은 그곳의 풍경만큼이나 모든 것을 아끼고 절제할 줄 아
는 아름다운 사람들이다.

그들의 살림살이는 깊은 산 속이라 단출하다. 물 한바가지, 휴지 한
장까지 아끼며 사는 그네들. 특히 밤이 되면 너무나 추운데도 장작 몇
개로 난로에 불을 지피고 그 불이 사그라들면 추위를 참고 사는 사람
들, 그들은 그들의 조상이 물려준 이 아름다운 히말라야에 살아가기
위한 방법을 아는 것 같다.

롯지는 난방 시설이 없어 지윤이가 공동구매해 나누어 준 핫팩을

몸에 붙이고 플라스틱 물통에 뜨거운 물을 담아 그것을 안고 자다 발이 시리면 발쪽으로도 굴리며 잤다. 히말라야 표 '죽남편'인 셈인가? 또 머리가 시리면 털모자를 쓰고 그래도 추우면 두꺼운 패딩 옷을 잠옷삼아 입고 자기도 했다. 어떤 날은 너무 추워 호기롭게 '우리가 돈을 지불할 테니 장작을 사서 때자'고 제안한 적이 있다. 하지만 안 된단다. 우리는 약간은 새초롬해졌는데 알고 보니 장작이 너무 귀해 그렇단다. 나무가 지천인데 산 전체가 국립공원으로 지정되어 있어 허가 없이는 등걸 하나라도 맘대로 주어다 땔 수 없단다. 우리 같으면 장작용 나무가 지천이라며 베어다 따뜻하게 불도 때고 살 것 같은데 그네들은 옷을 껴입고 추위를 견디는 사람들이다. 가이드와 셸파의 말을 빌리자면

히말라야에서는 기간을 정해 장작을 팰 수 있고 그 곳에서 1년 치 장작을 헤아려 구입하고 그걸 365일로 나누어 하루치만 때면서 추위를 이겨낸다고 했다. 어리석어 보이지만 질서와 규칙을 지키며 살아가는 사람들이 대단해 보였다.

이곳도 서로 사랑을 하고 결혼해 아이를 낳아 키우며 사는, 사람들이 사는 나라다. 그들만의 질서와 생활로 이루어지는 히말라야. 세상의 찌든 때에 물들지 않은 순수함 그대로인 사람들. 그런 사람들이 사는 히말라야라서 이 아름다운 자연을 지킬 수 있지 않았을까. 춥다고 불을 지피고 덥다고 에어컨을 켜대는 우리들은 자연에 순응하며 살아가는 이들의 모습을 보고 부끄러워해야 하는 건 아닌지. 힘들고 거칠지

만 아름다운 길을 걸으며 참으로 많은 것을 배우고 생각하며 걷는 시
간이었다. 이갑니

히말라야 랑탕계곡을 걸으면 종종 우리가 평소 많이 보는 꽃과 풀을 만나게 된다. 히말라야 전역에 흐드러지게 피어난 하얀 꽃은 개망초이다. 우리나라 들에도 많이 피어있지만 좀 다른 게 있다면 잎과 대의 색깔이다. 히말라야의 것들이 짙은 자주색을 띠고 잎이 더 가늘다. 여러 개의 가지를 만들고 땅을 기듯이 넝쿨처럼 자라고 꽃모양만 닮아있었다. 아마도 이곳의 기후와 고도에 견디기 위함일 것이다. 또 하나 히말라야에서 만난 꽃 중 기억나는 하나는 파랑, 아니 보라. 아무튼 처음에는 낯선 꽃이었는데 자세히 보니 분명 용담이다. 대와 잎은 땅을 기

히말라야에서 본 용담. 용담은 어느 나라에서건 여전히 예쁘다.

한겨울에도 피어나는 꽃이 되고 싶다. 순영, 명자, 병림 언니, 광재 언니, 순영, 나, 지윤. 우리들은 히말라야의 꽃이었다.

고 있는데 꽃은 우리나라 용담보다 훨씬 크고 화려하다. 눈에 익지 않아 기형적으로 보이기도 한 이 꽃. 균형을 이루지는 못했지만 아마도 이러한 환경에서도 종족을 번식시키기 위한 변형은 아닐는지.

히말라야의 모진 바람과 추위에 견디며 살아가는 꽃, 그래서 자기 몸을 낮추지만 커다랗고 화려하게 꽃을 피울 줄 아는 식물. 그렇게 혼자만의 아름다움으로 벌과 나비를 유인해 번식하는 게 아닐는지.

이곳 히말라야에는 이런 식물들을 자주 만날 수 있다. 특히 용담은 나무라곤 없고 잔디만 조금 나있는 황량한 평지나 바위틈에도 무리지어 피어난다. 누구와 벗하며 사는 게 아니라 혼자, 스스로 무리지어 예쁘고 앙증맞게 피어나고 있었다. 난 이런 꽃들을 보며 다시금 살 이유를 찾아본다. 힘들고 춥고 어려운 환경이지만 자기키를 낮추며 화려하게 피어나는 꽃들. 나도 힘들지만, 외롭지만, 아프지만 그리고 가끔은 슬프기도 하지만 겸허히 내 상황을 받아들이고 내 인생을 즐기며 살아가려고 노력해야 한다. 히말라야에서도 수줍지만 강인하게 피어나는 용담 꽃처럼 말이다. 이강녀

나는 예쁜 꽃이에요

내 첫 번째 유방암은 상피내암으로 전이가 안 되는 착한 놈이라 부분절제수술을 했다. 하지만 2년 4개월 뒤에 다시 제대로 성장한 유방암이란 놈이 나를 또 찾아왔다. 짐을 싸 지리산으로 숨어들고 병이 악화 되어 다시 병원으로 홀로 치료를 받기 위해 돌아와 가슴을 전체절제하고 6개월의 항암치료를 받았다. 두 번째 수술 이후 내 인생의 축은 완전히 내가 되었다. 하고 싶은 거 하고, 가고 싶은 곳 가고, 먹고 싶은 거 먹고, 만나고 싶은 사람들을 미루지 않고 만났다. 이기적이라 말 할 수 있겠지만 내가 없는 세상은 세상이 아니고 내 의지대로 살지 못한다면 그건 내 삶이 아니다.

겨울과 봄을 집안에서만 지내며 항암주사치료를 받던 어느 날, 아랫녘에서 올라오는 봄내음이 참을 수 없어 잰 걸음으로 남쪽으로 갔다. 선홍빛 주검이 뚝뚝 떨어진 동백꽃을 나뭇가지에 올려놓기도 하고 채 터지지 않은 보리 싹을 헤집기도 하며 전신에 남아있던 주사약 찌꺼기를 뱉고 돌아왔는데 정신과 몸은 함께 하질 못하나보다. 여행의 피로도로 인해 백혈구 수치가 떨어져 주사를 일정대로 맞을 수 없었다. 항암치료를 마치고 동면한 개구리가 뛰어다니듯 매일 산을 찾았다. 100개의 섬과 산, 성당도 가보리라 계획을 세웠다. 지리산, 한라산, 북한산, 덕유산, 백두산 종주까지 하며 심신의 건강을 다졌더니 전보다 더 건강하게 젊음을 유지한다싶을 즈음 다른 고통이 다시 시작되었다.

나는 수술 후에도 치료를 위해 호르몬 약을 복용했다. 시력이 조금 떨어진 부작용 말고는 괜찮았는데 그 후 다른 호르몬 약을 복용한 뒤부터 온 몸 관절이 아프고 열이 나는 몸살증세와 수면제 없이는 5분도 잘 수 없는 부작용이 생기기 시작했다. 내 몸이 약품에 절여지는 느낌을 견딜 수 없었다. "아직 젊기 때문에 힘들어도 드시는 게 좋아요"라는 의사선생님의 권유에도 아랑곳 않고 히말라야행을 계획한 날엔 약을 아예 끊어버렸다. 이 약은 암 재발률을 7% 낮춰준다고 하는데 삶의 질을 떨어뜨리는 약을 계속 먹느니 다른 방법으로 재발률을 낮추겠노라고 결심했다. 히말라야의 흰눈 속에 내 몸 안에 남아 있는 그놈의 찌꺼기를 꽁꽁 얼려 다시는 활동 못하게 만들리라.

나는 암에 걸리고 나서부터는 5년 뒤 계획은 세우지 않는다. 긴 계획에 내 욕심이 묶여질까, 혹여 다시 치명적으로 재발해도 5년은 살 수 있기에 나는 하루하루를 모아 1,820일을 열심히 살고 다시 또 5년을 살아갈 것이다.

하느님, 오늘 이 아침의 밝은 하늘을 제게 보여주심에 감사합니다. 한 쪽 가슴 베어내고 당신께 받는 보상은 너무도 크오니 저의 잣대로 남을 비판하지 않으며 주위 사람들이 저로 인하여 불쾌하지 않게 하여 주시고 맡은 일에 충실하며 자만하지 않게 하여주소서. 하루를 성실히 보내고 다시 이 자리에 서서 당신을 생각하며 또 감사하며 하루를 마감할 수 있도록, 이 마음이 흔들리지 않도록 오늘도 저를 지켜 주옵소서. 아침마다 집을 나서며 나는 매일 이렇게 기도합니다. 김지윤

난 항암주사의 부작용을 다른 사람들에 비해 수월하게 넘겼지만 싱글이라 밥 챙겨 먹는 일, 간병인 문제로 고민했었다. 그래서 요양을 겸해 공기 좋은 시골 사찰에서 잠깐 생활했는데 환자라고 배려해 주시던 스님과 보살님이 계셔 많은 도움을 받았다. 그때의 인연이 돌아돌아 지금은 종교를 가질 수 있게 되어 감사하며 산다. 하지만 항암치료 후 서서히 찾아오던 몸 이곳저곳의 통증과 우울증, 그리고 가족에 대한 서운함은 점점 커져 어느새 내 마음속에 미움과 분노가 싹터 망가지고 영혼이 메말라 감을 느끼게 될 때가 있었다. 몸이 언제 아팠던가 싶게 정신이 더 아프고 고통스러웠다. 그렇게 마음이 힘들 때 사찰에 머물며 진정시키기 위해 간절히 기도했지만 내 맘속 미움은 여전히 가시질 않았다.

복잡한 마음으로 힘들 때 아주 귀한 인연으로 부처님의 말씀을 이해하기 쉽게 들을 수 있는 기회가 생겼는데 그동안 무지하고 두려움, 미움이 차있던 내 귀가 조금씩 열리고 마음도 서서히 열리고 결국엔 마음의 평화가 찾아와 지금껏 살아오며 나만을 위한 이기심으로, 나만을 위해 살았음이 부끄러웠다. 미움으로 가득 찬 내 자신이 밉고 가엾고 또한 다른 사람을 미워한 죄를 참회하며 얼마나 울었는지. 그 뒤로

세상을 보는 시각이 많이 달라졌다. 부정적 시각은 긍정적으로, 재발에 대한 두려움은 이겨낼 수 있다는 믿음으로, 미움으로 가득 찬 내 맘은 어느덧 감사와 고마움으로, 오직 나만 알던 이기심은 타인을 위해 뭘 해야 할까를 생각하게 하고, 나만 행복하면 된다는 생각은 모두 같이 행복해야 한다는 생각들로 말이다.

인생의 가장 큰 시련이라 생각했던 암이란 병고를 겪고 난 지금은 그것이 나에게 더 큰 깨달음을 주기 위함이었음을 알기에 그동안 전혀 알지 못한 인생의 깊이를 알게 된 것에 감사한다. 암은 내게 시련을 주기도 했지만 세상 보는 시각을 다양한 각도로 볼 수 있게 해줬을 뿐 아니라 부처님 법을 알게 된 계기도 되었기에 지금의 나는 예전과는 분명 달라졌다. 자신감을 회복하고 병을 이겨낼 수 있다는 믿음, 또 나에게 마음의 평화를 가져다 준 종교를 가지고 바른 길로 살아가고자 노력할 것이다. 스스로 견뎌낼 수 있을 만큼의 작은 고통을 가지고 더 많은 깨달음을 얻어 돌아돌아 온 지금에 행복하고 감사할 뿐이다.

내가 아플 때 기도했던 내용은 당시 4년여 동안 연락두절로 생사를 알 수 없던 큰오빠와 연통이라도 될 수 있었으면 하는 간절한 바람과 또 한 가지는 투병 당시 혼자서 감당하는 것이 버거웠던 터라 친구든 동반자든, 내 인생의 길잡이가 되는 좋은 인연을 만나게 해 달라 기원했는데 너무나 신기하게도 얼마 지나지 않아 두 가지 기도를 모두 들어주셨음이 너무 신기하고 감사할 따름이다. 오빠가 건강하게 돌아와 가까이 있음에 감사하고 병을 이겨낸 내가 나에게 선물한 히말라야 등정 길을 함께해 준 여러 언니들, 또한 부처님법을 가까이 할 수 있는 기회를 선물받은 것만으로도 나는 지금 너무 평화롭고 행복합니다. 독신영 수술 후 어느 정도 가슴의 상처가 아물었을 때에도 가슴을 묶은 붕대를 풀어보지 않았다. 신체일부가 없어진 내 모습을 확인하기 싫었다. 샤워를 할 때도 거울을 보지 않으려 얼굴은 항상 벽을 향했다. 몸을 움직이기 편해졌을 때 쪼그려 앉아 방을 닦는데 무릎이 가슴에 닿아 갈비뼈에 바로 닿았다. 섬찍한 느낌에 그대로 주저앉아 한참을 멍하니 있었다. 뼈와 뼈가 닿는 느낌에 천정이 내려앉는 것 같았다. 몽글한 오른쪽 가슴과는 확연히 다른 느낌이다. 유방은 피부와 지방으로 구성되고 유방 아래에는 가슴근육이 있어서 갈비뼈를 감싼다고 들었다. 아마 그 갈비뼈를 감싼 근육까지도 제거를 했나보다. '아~ 이렇게 내 모습이 하나씩 변화되어가는구나.' 항암주사치료 후엔 생리가 끊겼다. 만 42세의 폐경이다. '이젠 정말 여자가 아니로군.'

암 진단-절제수술-항암치료-탈모-폐경, 이렇게 여자의 요소를 하나씩 잃어가는 동안 생사의 갈림길에서 그저 인간으로 남아있는 것만으로도 감사하고 다행이라 여겼는데 오히려 치료가 끝나가며 내 모습을 살펴볼 여유가 생겼을 때 우울증이 왔다. 수영을 하면 몸의 균형이 안 맞아 자꾸 한쪽으로 치우쳐 남의 라인을 침범하고 요가를 할 때면 등 굴리기를 해도 몸이 왼쪽으로 회전한다. 컬러가 있는 단정한 셔츠를 입으면 단추가 한쪽으로 올라가고 편한 신발을 신고 생각 없이 걸으면 어느새 팔자걸음으로 대각선 쪽을 걷고 있다. 뜨거운 물에 몸을 담고 싶어 사우나에 가려니 선뜻 용기가 나질 않는다. 목욕가방을 챙겨 가만히 현관 앞에 앉아 한참을 생각했다. '평생 사우나 안 가고 살 것인지 가고 싶을 때마다 거리낌 없이 갈 것인지' 그 날의 고민 이후 난 편안히 목욕하러 간다. 탕에 들어 갈 땐 수술한 왼쪽 어깨에 수건을 척 걸치고 아무렇지도 않게 당당히.

'똑같은 꽃인데 힘든 환경에서도 자신을 변형하여 결국 꽃을 피운다'는 제목을 앞에 두고 글을 시작하자니 차마 엄두가 나지 않아 책상에 앉을 수가 없다. 그러다 문득 나를 꽃에 비유한다면 어떤 꽃일지가 궁금해 가까운 지인들에게 설문조사를 했다. 채송화, 해바라기, 하얀 민들레, 자운영, 들국화, 도라지, 라벤더, 초가지붕의 하얀 박꽃. 목련과 튤립도 나왔다.

라벤더(편안하고 배려가 많음), 자운영(아름다움을 주고 거름이 되는 꽃), 목단·백합·튤립(우아, 도도, 의연), 목련(우아하고 보드랍고 겸손하고 내면의 아름다움), 도라지·들국화·박꽃·채송화·하얀 민들레·해바라기(소담, 정겨움, 청초, 순종).

아~ 내가 이런 꽃이구나. 사람들은 날 화려함보다는 향기 있고 친근하고 소박한 꽃으로 연상해 준다. 처음엔 장남삼아 해봤는데 진지한 답문을 받으며 가슴이 먹먹해졌다. 내가 이렇게 아름다운 꽃이었구나, 나 자신도 알지 못하는 향기가 이렇게나 많이 내안에 있었다니 나는 꽃밭이었구나. 아직은 모종에 지나지 않지만 잘 가꾸어 사랑하는 내 이웃들의 바람대로 향기고운 예쁜 꽃이 되리라.

내 꽃밭에 언제든 들어오세요. 와서 맘껏 놀고 쉬다 가세요. 김지윤

하나의 산이
보는 사람에 따라

웃는 히말라야,
우는 히말라야도 된다

'그래 다음에 다시 한 번 더 오지 뭐, 그땐 나도 손에 책 들고 얼굴엔
미소 지으며 최대한의 이성과 지성을 갖춘 여인으로 여유롭게 이 산
을 오르리라.' 요렇게 생각하고 나니 엷은 미소가 얼굴에 번진다.

왜 나에게 이런 아픔을 주시는 걸까? 참 많이 원망하고 불평했지만
아픔을 통해서 모든 것들을 바라보는 관점이 180도 변한 것 같다. 매
사 하루하루 감사하게 생각하는 긍정적인 마음이 생겨났다. 이제는
자연이 주는 참 아름다움에 늘상 감탄하며 감사해하고 행복감을 느
낀다. 모두 감사합니다.

매일 밤 그날의 등반을 끝내면 쿡들의 정성어린 음식들로 식사를 마치고 땀에 젖은 옷도 말리고 몸도 녹일 겸 롯지안의 불가에 앉아 있노라면 각 나라에서 온 외국인들과도 함께 자리를 하게 된다. 어두운 촛불아래 열심히 책을 읽는 사람, 무엇을 열심히 적는 사람, 도란도란 이야기를 하는 사람……. 정말 불빛이라곤 본인들의 헤드랜턴을 켜야 겨우 보일똥 말똥이건만 속으로 '자기들이 무슨 이성과 지성을 갖추었다고 이 어둠 속에서 글을 쓰고 책을 읽는담? 이야기를 하면서 미소도 짓고 말이야, 도대체 저 사람들은 왜 저렇게 여유가 있는 거야?'하며 내 모습을 살펴보니 이 또한 가관이다. 피로로 찌들어 표정도 없고 감정도 없고 그냥 물끄러미 그들을 쳐다보며 씨잘데기 없는 심술(?)을 부리고 있는 게 아닌가?

　저이들과 내가 다른 게 무엇인고? 오르는 산은 똑같은데 내 몰골은 히말라야 정상이라도 정복하고 온 사람같이 축 쳐져 있고 얼굴은 화난 사람처럼 무표정이고 정말로 저들과 나의 다른 점은 무엇일꼬? 문화의 차이? 아님 생각의 차이일까? 뿌루퉁한 표정으로 그들을 바라보다

우리가 저 산에 오를 수 있을까? 까마득하고 고산병은 무섭고 겁이 나기 시작한다.

'딱' 생각을 멈추었다. '그래 다음에 다시 한 번 더 오지 뭐, 그땐 나도 손에 책 들고 얼굴엔 미소 지으며 최대한의 이성과 지성을 갖춘 여인으로 여유롭게 이 산을 오르리라.' 요렇게 생각하고 나니 엷은 미소가 얼굴에 번진다. 근데 그때는 내 나이 몇 살쯤 될까? 하하하 박경희

네팔인들의 장례식을 볼 수 있었던 건 이번 히말라야 트레킹에서

정상이면 어떻고 아니면 어때? 광재와 종숙, 두 동생과도 이렇게 즐거운데.

전혀 예상치 못한 보너스였다. 트레킹을 마친 다음날, 가슴 한켠에 간직해 두었던 그곳으로 향했다. 네팔에서, 아니 히말라야의 깊숙한 그곳에서 보낸 며칠 때문인지 호텔 앞에 있는 택시 기사와 요금까지 흥정하는 여유로움까지 생겼다. 티켓 파는 곳을 알려준다는 청년에게 이끌려 네팔정부가 운영한다는 '빈민구제소'로 먼저 들어갔다. 그곳으로의 안내는 히말라야의 대자연 속에서 조금은 선하게 변화된 여행객들에게 자선을 구하기 위함이 아니었는지. 그 청년 말에 의하면 '마더 테레사' 수녀님도 이곳에 잠시 계셨단다. 200여 명이 함께 생활하고 있으며 정부와 곳곳에서 후원하는 물품으로 운영되고 있는 빈민구제소이다.

"나마스떼" 하고 인사를 건네니 그쪽에서도 정성껏 인사를 받아준다.

드디어 화장터 안으로 들어갔다. '사두(힌두교 수행자)'들은 우리들이 보기에 괴상한 모습으로 앉아 돈을 내고 사진을 찍으라며 호객행위까지 한다. 우리도 1달러를 주고 함께 사진을 찍었다. 체면인지 종교적 성스러움 때문인지 모델료의 많고 적음에는 개의치 않는 것 같다. 화장의식이 잘 보이는 곳으로 자리를 잡고 앉았다. 인간의 마지막 정류장인 이곳 화장터도 부자들과 가난한자들의 의식이 구분되어 있다. 한참 만에 황금색 천과 꽃으로 장식된 시신이 대나무 받침에 운구되어 왔다. 조문객들과 고인과의 작별의식이 한참 진행된다. 입속에 뭔가를 넣어주기도 하고 시신위에 꽃을 뿌려주기도 한다. 작별 의식을 마친 후 장작더미 위로 시신을 옮긴다. 물에 적신 짚더미를 시신 위에 얹고 장작더미 이곳저곳에 기름을 뿌리고 불을 당긴다. 가족들은 의외로 담담하다. 아무도 울지 않는다. 복장도 모두가 평소복장 그대로다. 40대 중반의 여인, 모자지간으로 지상에서 가장 사랑하던 관계였을 텐데 물끄러미 의식을 지켜보고만 있을 뿐이다. 힌두교에서는 삶과 죽음은 하나의 과정이며 죽음이란 낡은 옷을 벗고 새 옷을 갈아입듯 새로운 생명을 얻기 위해 껍질을 벗는 과정으로 여긴다고 한다. 그들에게 육신의 죽음은 아무것도 아니며 오히려 자유롭게 되는 길이라고 한다. 그러니 어머니의 죽음이라도 울어야 할 이유가 없는 것이다.

유방암 치료가 끝난 후 얼마동안은 재발과 전이의 두려움이 너무 커 의료진을 만날 때마다 내가 전이될 확률은 얼마나 되는지 또 치료방법은 있는지를 묻곤 했다. 그러다 새삼 깨우쳤다. 그렇다! 인간은 누구나 언젠가는 죽게 되는 존재인데 생노병사, 우리 모두 꼭 가야만 하는

길인 것을. 그때부터 스스로에게 열심히 최면을 걸었다. '인간은 누구
나 죽는다. 고로 언제인지는 모르지만 나도 죽어야만 한다.' 최면의 영
향 때문인지 죽음의 공포와 억울함이 전보다 훨씬 덜해졌다.

　50살이 되면서부터는 동갑내기 환우들과 '우린 지금 죽어도 요절
이 아니야, 살만큼 산 나이가 되었어' 서로에게 위로했었다. 환우들 중
에는 하나둘 우리 곁을 먼저 떠나는 이도 있다. 그 죽음 앞에 예전보다
조금은 더 초연하다. 조금 먼저 갔을 뿐, 나도 곧 가야 할 길인 것을 뭐
그리 억울할 것도 그다지 슬퍼할 것도 없지 않겠는가. 이병림

　작은 롯지 마당엔 꼬맹이 둘이서 빈 페트병을 악기삼아 두들기
며 빙빙 끝없이 마당을 돌며 신이 나있다. 여자 주인이 내어오는 짜이
로 몸을 녹이고 남자 주인으로부터는 네팔 최고의 민요를 사사 받았
다. 자신이 가진 것을 한껏 나누는 이들. 말로 표현할 수 없는 감동이
다. 강한 햇살과 바람에 발갛게 볼살이 튼 어린애들이 똥그란 눈으로
"sweet~!"하면서 수줍게 바라본다. 평생 사용할 칫솔과 치약을 함께
줄 수 없다면 그마저 거절하라고 했는데 난 그들의 눈동자에 반해 달
랑 초콜릿을 건넨다. 산속의 어린아이나 읍내에서 보았던 학생들 눈빛
은 하나같이 맑고 순진하다.

　랑탕 코스의 가장 높은 정상을 오르지 않고 마을을 둘러보는데 야
트막한 지붕을 한 2층짜리 롯지도 있는 제법 형태가 갖추어진 곳이다.

규칙적으로 비탈길을 타고 내려가는 농경지들이 단정하게도 이어져있고 작은 집들이 모여 있다. 이 높은 곳까지 매일 어떻게 다니는지,

롯지 마당에서 두 살 정도의 아이를 목욕시키더니 물기를 닦지 않고 바람결에 아이를 말리고 있었다. 추운 날씨였지만 아이 엄마는 아무렇지도 않게 우는 아이를 이리 뒹굴 저리 뒹굴 하는 모양이 아마도 풍욕을 시키나 보다. 어릴 때부터 강한 체력으로 키우려는 네팔식 사자교육법인가? 이 나라도 교육열은 경제수준에 비해 높은 편이라 한다. 관광국인 만큼 특히 영어교육에 치중을 한다고 한다. 포터들의 꿈은 작게나마 롯지를 갖는 것이고 좀 더 큰 롯지를 갖게 되면 자녀들을 선진국으로 유학까지 보낼 수 있다고 한다. 무거운 짐을 맡기고 가볍게 걷는 동안 꽤 미안했던 마음이 셀파들의 희망 한 조각이 된다니 위로가 된다.

하산 길에선 교복을 입고 다른 네팔사람들보다 살갗이 뽀얀 여학생들을 만났다. 제복을 입은 모습이 어찌나 신선하고 예쁜지 "순다리(예쁘다)"란 말이 저절로 나온다. 수줍게 깔깔거리던 소녀들.

이곳 사람들의 결혼은 23세 전후라고 한다. 결혼비용은 남자 쪽에서 부담하며 예물은 금을 최고로 친다고 하는데 동서고금을 막론하고 황금이 최고인가 보다. 중매결혼이 많기는 하지만 연애결혼을 하기도 하는데 부모님이 반대하면 멀리 산속으로 도망가 일명 '사랑의 도피'를 한 뒤 아기를 안고 돌아와 허락을 받아 가정을 꾸리기도 한다고 한다. 오가며 만나는 현지인들은 두 손을 가슴에 모아 인사하는 그들의 눈빛과 미소가 그 곳을 다녀온 이들을 다시 찾아가게 하는 결정적인 요소라고 한다. '나마스떼', 내 안에 계신 신께서 당신 안에 있는 신을 경

배합니다. 그 뜻을 알고 나니 '나마스떼'라고 말하는 내 목소리는 더 높아진다.

　페트병을 장난감으로 놀던 아이들, 아침이면 자신의 몸무게만큼을 이고 웃음지며 길을 가는 셀파들, 깜깜한 어둠 속에서 따뜻한 차를 건네주던 가이드, 자연스럽고 친근했던 그들 모두가 내겐 성자로 기억될 것이다. 우리 보기에 가진 것 없는 그들이지만 한껏 행복해하는 이들. 내가 투병을 할 때, 건강만 주신다면 행복할 수 있겠던 나. 지금 나는 진정 행복할까? 소박하지만 행복으로는 1등인 나라 네팔, 신이 그들에게 히말라야를 선물로 준 것은 아닐까? 김지윤

가슴을 내어주고 얻은 웃음

나는 원체 긍정적인 성격이라 주어진 삶도 정말 열심히 살았는데 암이라는 암초에 부딪히자 내가 얼마나 약해질 수 있는 존재인지 깨달 았다. 난 웃음을 잃었다. 웃음이 사라진 삶은 우울하고 어두웠고 죽을 준비를 했다. 막막한 심정으로 TV를 보다 웃음과 건강에 관한 프로를 봤다. '감정이 신체에 미치는 영향'은 미국에서 현재 가장 활발하게 연구되고 있는 분야 중 하나라고 한다.

리 버크 신경정신면역학 교수는 웃음과 면역체계를 연구했는데 재미있는 비디오를 보고 웃은 사람들의 면역세포가 달라졌다는 결과를 얻었다. T세포, B세포, NK세포, 항체의 양 등 모두에 변화가 있고 웃고 난 다음 날까지도 면역세포의 활동이 증가했다고 한다. 과학이 웃음의 비밀을 밝혀내고 웃음이 암을 이기는 치료에 도움이 될 수 있다는 뜻이다.

'나도 웃으면 살 수 있겠다'는 생각이 들고 정말로 웃고 싶어졌다. 그런데 어떻게 하면 웃을 수 있을까? 식구들에게 웃겨달라고 부탁했다. 아들도 엄마의 웃는 얼굴을 보기위해 삼행시와 자신이 알고 있는 웃긴 이야기들을 읊어댔고 남편은 유머 이야기들을 복사한 A4용지 한 묶음을 가지고 와서는 건네준다.

인터넷을 뒤지다 '한국웃음연구소' 웃음콘서트가 있다는 것을 보고 '참, 별연구소가 다 있네?'하고 찾아갔는데 강의를 듣고 나오며 깜짝 놀랐다. 수술 후 통증과 면역력이 떨어져 아픈 몸을 이끌고 어기적대며 갔던 내가 씩씩하게 걸어나온 것이다. 쾌재를 불렀다. 웃음의 효과를 몸으로 체험한 것이다. 난 유방암이라는 친구에 대해, 나를 행복하게 하는 웃음에 대해 제대로 공부하기로 하고 투병 중이지만 가발을 쓰고 대학원에 진학했고 '유머웃음치료'를 전공해 논문도 쓰고 학위도 받았다.

1기에 발견되어 부분절제를 한 환우가 있는데 나는 그녀가 부러웠다. 하지만 그녀는 늘 불평불만과 웃음기라곤 찾아볼 수 없었다. 남편이 직장까지 그만두고 병간호를 해주는데도 화를 내고 안 먹던 술까지 먹는다고 했다. 종교를 가져보길, 웃어보길 권유했지만 '이 상황에 웃음이 나오냐?'며 나를 어이없게 했다. 그녀는 병이 악화되어 안타깝게도 지금은 이 세상 사람이 아니다. 분명한 건 잘 웃는 사람이 긍정적이고 회복도 빠르고 절망적인 삶도 바꿔버린다는 것이다. 유방암 수술의 대가로 손꼽히는 노동영 박사님도 "신체는 마음이 지배하기 때문에 환자들에게는 자신감이 중요합니다. 모든 병은 마음에서 비롯되는 것처럼 마음을 다스릴 수 있다면 신체적 질병도 치유될 수 있습니다."'암환자에게 최고 보약은 자신감과 웃음'이라며 많이 웃을 것을 권한다.

나는 의사를 잘 만난 덕분에 양쪽 가슴을 잃고도 열심히 웃다보니 행복하게 12년을 보냈다. 투병 중 대학원 진학을 하고 지금은 잘나가는 웃음강사다. 자기가 좋아하는 일을 하면 행복하다. 이 행복이 웃음이고, 이 웃음이 나를 살렸다. 진정한 성공이란? 가능한 자주 많이 웃는 것이라고 한다. 웃음은 힘이 세다!! 김명자

　내 나이 19살, 생전 처음 혼자 야간열차를 타고 갔던 부산 태종대 여행길. 하얗게 부서지는 파도가 몽돌을 쓸어가며 내던 자그락 소리를 들으며 죽으면 하얀 안개꽃과 함께 그 바다에 뿌려졌으면 했었다. 잔망스럽게도 피지도 않은 꽃봉오리 시절에 죽음을 생각했었다. 암 치료가 끝나고 지리산에 올랐을 때는 너울너울 둘러싸인 산자락을 보며 이쯤 어딘가의 능선에 묻히고 싶다고 생각했었다. 불꽃축제를 보면서도 이럴 때 눈을 감았으면 하고 생각도 했다. 멈추고 주저앉고 하다가 겨우 도착한 히말라야의 줄기. 걍진리 정상에서 엉엉 울면서 이 높고 넓은 세상에 내가 있음에 감격하고 감사하며 이 하얀 설산에 내 뼈 가루를 섞어도 좋겠다 싶었다. 너무 행복해서 더 이상의 표현 방법이 없을 때도, 난 죽음을 생각한 것 같다.

　히말라야 등반을 마치고 마지막 네팔을 떠나는 날 새벽에 사바신의 사원인 힌두교 성지 파슈파티나트 힌두사원을 찾았다. 시바신은 힌두교의 세 주신主神 중 하나로 파괴와 생식의 신이다. 원래는 사원이었지만 지금은 공개된 화장터로 관광객들이 많이 찾는 곳이라고 한다. 이곳에서는 죽은 지 12시간 내에 화장을 하고 강물에 재를 흘려 보내야

망자가 이번 생을 끝내고 무사히 다음 생으로 윤회한다는 믿음이 있다고 한다. 강 상류에는 죽음을 거부하기보다는 경건한 마음으로 죽음을 기다리는 사람들이 살고 있는 하얀집도 있다고 한다. 일종의 호스피스 병동인 것이다.

뒤를 돌아보니 작은 사원들이 죽 늘어서 있는데 기이한 석조물이 있다. 남성 성기와 여성 성기를 상징한다고 하는데 결혼한 부부들이 찾아와 돌에 우유를 부으며 다산을 기원하는 곳이란다. 사원 건물 처마 밑에도 남녀 교합의 그림들이 부조로 새겨져 있다. 부처님이 태어나신 나라지만 힌두교도가 80%인 나라. 생을 마치는 화장터와 출산을 기원하는 성물이 함께 존재하는 곳. 아무도 슬퍼하는 모습을 볼 수 없던 곳. 거뭇한 연기와 내음만 제외한다면 너무나 평화로운 사원이다.

파괴와 생식의 신을 만나고 와서인지 배에서 나는 꼬르륵 소리. '호텔조식이 몇 시 까지더라?' 서둘러 택시를 타고 달려와서는 남은 음식 좀 달라고 아는 영어 총 동원해 부탁한다. 달걀, 토스트, 과일, 우유, 주스, 커피. 진수성찬이다.

내가 이곳에 오게 된 것도, 병을 갖게 된 것도, 만약 다시 세 번째 이 병을 겪는다 해도 이미 그것은 내 의지와는 상관없이 신이 정해준 내 인생 플랜일 것이다. 영화 〈사운드 오브 뮤직〉에서 원장수녀님이 방황하는 젊은 마리아 수녀줄리아 앤드류스 분에게 하던 말씀. "하느님께서 반드시 열어 놓으신다는 한 쪽 창문을 늘 내 가슴 한켠에 달아놓고 산다." 너무 작은 창문이라 혼자 나가기 버거우면 하느님께서 방법까지도 알려주실 것이고 그것마저도 의미가 없을 때는 하느님께서 그만 애쓰고 오라는 뜻일 게다.

스물여섯 살에 쉰셋인 우리 엄마를 멀리 보내면서 나도 그 나이가 되면 따라갈 생각을 했었다. 올해 내가 그 나이다. 지금 간다 해도 요절은 아니니 억울할 것도 없다. "김지윤, 네 인생 그만하면 나쁘지 않았어." 김지윤

유방암 진단을 받고 떨리고 두려움에 '왜 나에게 이런 시련이 다가왔을까'라는 생각들을 떨쳐버릴 수 없었지만 차츰 시간이 지나면서 치료도 잘받아 빨리 회복되고 나도 정상인으로 돌아갈 수 있겠다는 희망으로 변하기 시작하였다. 치료를 받고 투병할 때 아프고 힘들었던 일들이 아직도 생생하다. 하지만 지금 생각해보면 유방암으로 인해 환우 언니들과 동생, 의사선생님과 나에게 희망을 주는 가족과 친구들 같이 많은 좋은 사람들을 만날 수 있었고 운동을 더 열심히 할 수 있었으며 자연의 고마움도, 삶의 의미도 더욱 많이 느끼게 해주던 계기가 되었다.

네팔의 행복지수가 얼마 전까지만 해도 세계에서 가장 높은 나라였는데 지금은 순위 밖으로 밀려났다고 한다. 관광객들을 맞이하면서 물질에 대한 욕심이 커져 행복지수가 떨어진 것이 원인이라고 한다. 우리 인간의 욕심은 끝이 없는 게 아닐까 생각한다. 욕심을 조금씩 접어두고 현실에 만족하며 자연과 더불어 건강하게 사는 게 제일 큰 행복이 아닌가 생각한다. 성공이 행복이 아니라 행복이 곧 성공이라는 생각이든다.

왜 나에게 이런 아픔을 주시는 걸까? 참 많이 원망하고 불평했지만 아픔을 통해서 모든 것들을 바라보는 관점이 180도 변한 것 같다. 게을리 했던 운동도 정말 열심히 하게 되었고 매사 하루하루 감사하게 생각하는 긍정적인 마음이 생겨났다. 또한 산행을 통해 아름다운 자연이 주는 선물들을 옛날에는 무심결에 지나쳤었지만 이제는 자연이 주는 참 아름다움에 늘상 감탄하며 감사해하고 행복감을 느낀다. 모두 감사합니다. 이순영

히말라야의 아들, 딸,

누군가의
히말라야가 되다

함께 했던 우리도 히말라야라는 커다란 우주 안에서 각자의 여러 가지 조건에 의해 그 세상이 각기 다르게 다가 왔으리라. 우리들은 똑같은 히말라야 길을 걸으며, 마치 우리네 인생길이 다 다르듯 각자가 느껴지는 대로 각기 다른 길을 걸었던 것은 아니었을까. 우리 인생 길도 타고난 환경에 따라 주어지는 고통의 종류도 다르고 그 고통을 감내하는 방법 또한 개인별로 큰 차이가 있을 것이다.

유방암은 나에게 순응하며 사는 방법을 알게 해줬다. 상황에 맞게 순응하며 살아가는 방법을 배우며 산다. 누군가와 더불어 살지 않으면 안 된다는 것도, 서로 격려하며 소통하고 살아가는 것이 행복하다는 걸 알아간다. 나는 유방암과 히말라야가 준 숙제를 무사히 풀어내고 있다.

히말라야에 오르며 죽네 사네 하면서도 끝은 있는 것이다. 히말라야 호텔에서 짐 싸서 버스 타고 카트만두 공항에 도착해서도 히말라야에서 배운 마음가짐을 가지고 서울에 가서도 '비스타리~만만디~'로 살아야지 다짐했는데 카트만두 공항에 줄 설 때부터 "만만디가 무어야? 비스타리~비키시오! 내가 더 먼저 왔는데~"하며 줄서기 쟁탈전을 하는 내 모습을 보니 아마도 히말라야에 한 번 더 가야지 싶다.

꿈에 부풀어 탔던 네팔행 뱅기. 그리고 '아이고 힘들어'하며 지낸 산속 10여 일. 언제 무슨 일이 있었냐는 듯 신나는 서울행 뱅기. 히말라야를 뒤로 하고 서울로 오는 비행기 속의 행색들이 다들 말이 아니다. 아니, 어제 밤 호텔에서 10일 만에 목욕도 깨끗이 했건만 뭐야~이 모습. 마치 항암주사 맞은 사람처럼 축 늘어지고 얼굴은 방사선 맞은 사람처럼 시커멓고 살은 쏙~빠져서 지금이 더 환자 같잖아? 잠시 눈을 감고 마지막 점검을 해본다. 꼬불꼬불 끝도 보이지 않던 히말라야의 긴~길, 험난했던 오르막길 내리막길, 변덕스러운 날씨……. 이것들이 인생의 긴 여정과 무엇이 다른가? 10여 일의 히말라야 등반 속에 20여

년 전 투병 생활이 그대로 들어 있네.

　20년쯤 전, 퇴원할 때 생각이 나네. 수술을 마치고 일주일 만에 퇴원하라는 걸 빨강 핸드백 들고 나갈 수 없다며 3주를 더 버텼었다. 병원 밥 잘먹고 집에서 준비해 온 음식도 잘먹고 뭐, 호텔생활 부럽지 않게 지내다 퇴원했는데 그동안 햇빛을 못 봐 허연 얼굴에 잘먹고 많이 먹어 살이 토실토실 올라 환자라고는 하지만 내발로 뚜벅뚜벅 걸어서 퇴원하는 내가 멋쩍었던 기억이 난다. 아무리 생각해도 히말라야와 내 암 투병 생활은 닮은 점이 참으로 많은 것 같다. 힘들게 우여곡절 끝에 마친 등반이지만 생각할수록 아름다운 산, 내게 무한 친절을 베풀어 주었던 아름다운 사람들만 생각나는 것처럼 말이다.

분명 암 판정을 받고 수술대를 다녀온 나이지만 그 힘들었던 기억
보다는 살아있는 지금 이 순간이 참으로 행복하다. 비스타리는 아니더
라도, 그래 까짓 거 '세상 어려울 게 무어고, 힘들게 무에야'라는 마음
으로 살면 어떨까? **박경희**

히말라야에 가기위해 이것저것 한참 준비하고 있을 때, 한왕용 대
장님께서는 "히말라야 등반은 북한산 둘레길을 여러 날 동안 걷는다고
생각하면 돼요"라고 했었다. 아마도 우리가 가려는 히말라야 '랑탕-코
사인쿤드' 코스가 그리 험하지 않다는 뜻이리라. 북한산이나 도봉산
등 우리가 흔히 오르는 산에서 마주치게 되는 일도, 살다가 어쩌다 벌
어지는 일도 대개는 거의 예측 가능한 일들이다. 하지만 히말라야에서
의 10박 11일! 그 안에는 변화무쌍한 커다란 우주가 있었던 것 같다.
떠나기 전, 히말라야에 대한 책을 읽고 인터넷을 뒤지고 귀동냥을 하
며 준비를 했었지만 산이 높고 골도 깊있기 때문인지 갖가지 풍경과 그
산에 살고 있는 사람들, 또한 긴 여정 중에 있었던 사건사고도 거대한
히말라야이기 때문에 일어났던 것은 아니었을까?

함께 했던 우리도 히말라야라는 커다란 우주 안에서 각자의 여러
가지 조건에 의해 그 세상이 각기 다르게 다가 왔으리라. 우리들은 똑
같은 히말라야 길을 걸으며, 마치 우리네 인생길이 다 다르듯 각자가
느껴지는 대로 각기 다른 길을 걸었던 것은 아니었을까. 우리 인생길도

타고난 환경에 따라 주어지는 고통의 종류도 다르고 그 고통을 감내하는 방법 또한 개인별로 큰 차이가 있을 것이다. 네팔리들은 맨발에 슬리퍼를 신고 하얀 눈길을 걸으면서도 행복한 미소를 보여 주었고 롯지의 식당 한 켠 바닥, 너덜너덜해 보이는 담요 한 자락에 고단한 몸을 누이면서도 편안한 숙면을 취하며 행복한 표정이었다.

우리가 걸어가고 있는 인생도 각기 다른 것 같지만 커다란 우주에서 지구라는 별 아래를 보면 호화찬란한 옷과 사치스러운 구두를 신은 사람도 누더기 옷을 걸친 사람도 별 차이 없이 그저 한낱 조그마한 물체로만 보이듯 이 세상에서의 행불행도 인간에게 주어지는 조건에 의해서가 아니라 어떻게 그것을 생각하며 받아들이느냐에 따라서 정해지는 것은 아닐까. **이병림**

히말라야와 유방암이 내게 준 것

히말라야는 나에게 적응하며 살아가는 방법을 알려주었다. 내가 태어나고 자란 나라에서는 감히 상상도 못할 일들을 그곳에서는 당당하게 해내고 돌아왔으니까. 히말라야 산속은 그야말로 원시다. 마실 물은 있되 씻을 물은 없어 가져간 물티슈 한 장으로 세수하고 몸을 닦으며 열흘 이상을 견뎌내도 누구나 더럽다 냄새난다 면박 주는 이 하나 없었다. 모든 것을 아끼며 살아야했던 야생 생활, 이런 생활이 앞으로 내 생애에 다시 오기나 할런지.

그리고 더욱 값진 건 혼자서는 해내지 못할 여정을 8명 환우들과 서로 위로하며 격려하며 울고 웃으며 걸었기에 이 높은 산을 오르내릴 수 있었고 더더욱 내가 대견하고 자랑스럽다. 더불어 사는 게 정말 행복하다는 그 커다란 깨달음을 준 여행이었다. 그러고 보니 내가 유방암에 걸리지 않았다면 가볼 수 없었고 느껴보지 못할 여행이었다.

유방암은 나에게 순응하며 사는 방법을 알게 해줬다. 처음 수술당시에는 숨구멍이 막힌 듯 답답하고 힘들었는데 지금은 아무렇지도 않게 내 상황을 받아들이며 살아가고 또한 이전에는 남편 위주로, 자식

위주로 살아왔는데 지금은 나 위주로 나를 사랑하며 살고 있음을 발견한다. 그리고 상황에 맞게 순응하며 살아가는 방법을 배우며 산다. 누군가와 더불어 살지 않으면 안 된다는 것도, 서로 격려하며 소통하고 살아가는 것이 행복하다는 걸 알아간다. 나는 유방암과 히말라야가 준 숙제를 무사히 풀어내고 있다. 이갑녀

히말라야를 다녀온지도 어느덧 1년이 다 되어 간다. 그렇게도 흥분되고 기대했던 그곳 히말라야!

제법 큰 종양이 옆구리에 생겨 위험하다며 극구 말리는 주치의의 충고에도 아랑곳하지 않고 내 꿈을 펼치기 위해, 그저 내 인생을 아름답게 꾸미기 위해, 내 자신과의 싸움을 이기고자 선택했던 히말라야. 옆구리 통증으로 몹시도 힘들었지만 그깟 고통쯤은 이길 수 있으리라 수없이 다짐하며 스틱을 내딛던 그 순간들이 왜 이리도 그리운 걸까?

걍진리를 올랐을 때를 회상해본다. 해냈다는 감격에 눈물콧물 다 흘리며 해일처럼 밀려오는 감동을 주체할 수 없어 서로 부둥켜안고 한참을 울고 웃던 그 순간. 출발할 때만 해도 종양이 터지면 그곳에 묻히리라 두려울 것이 무엇이겠는가? 단순한 생각이었는데 그 험난한 하산길에서 때로는 진눈개비, 우둑우둑 쏟아지던 우박과 눈, 네팔의 국화라 불리는 '랄리그라스'가 온 산을 뒤덮은 화려함은 히말라야가 나에게 포근히 안겨준 잊지 못할 귀한 선물이다. 약하디 약한 나는 어디에

도 찾아볼 수 없고 내 나이 예순에 히말라야의 딸로 이젠 씩씩하고 용감한 그 누군가에 엄마로 다시 태어났다.

지금까지 유방암이란 병을 얼굴하나 찌푸리지 않고 수술도 용감하고 예쁘게 잘 견디어 살아왔던 나는, 이제 히말라야 같은 산이 되고 싶다. 인생의 하향 길이 아니라 지금도 오르고 있다는 새로운 희망으로 이끌어 주던 그곳 히말라야처럼. 그 웅장하고 아름다운, 때론 아늑하고 화려한 그곳의 모습처럼 나도 저물어가는 나의 삶, 내 영혼을 지금도 병마와 싸우며 절망과 고통 속에서 신음하는 누군가의 엄마가 되어 따뜻하고 포근하게 안아 줄 수 있는 그런 멋진 산이 되고 싶다. 윤종숙

산속에서 11일, 내 얼굴은 그동안 수염을 깎지 않아 제법 산사나이처럼 변해 있었다. 그 모습을 지우기 아쉬웠다. 아직도 뇌리에 스치는 하얗고 높은 봉우리들, 그 속에서 느끼는 맑고 차가운 공기들, 손으로 감싸주고 싶은 착한 얼굴들, 물소, 야크의 아무것도 바라는 것이 없어 보이는 듯 커다랗고 막연한 눈동자들을 우리는 목격했다. 하지만 그곳에서 얼마 떨어지지 않은 도시 카트만두, 눈을 뜨기 힘들 정도의 매연, 먼지, 빠른 발길들, 곳곳의 파괴 현장들, 데모꾼들…… 누가 그곳을 그렇게 만들고 있는 것일까? 도시를 만들더라도 그 아름다운 자연과 호흡하며 만들도록 왜 선진국들은 가르치지 못할까? 왜 가져만 가고 돌려주려는 생각은 안 하는 것일까? 우리가 사는 자연을 되돌려야 한다.

우리의 마음을 자연에 맞추어 겸손하고 존경하게끔 해야 한다. 그것이 야 말로 사람들이 진정 올바른 삶으로 돌아가는 길이다.

지금도 기억한다. 히말라야 산속, 날이 지나갈수록 우리들 사이에 의사는 없다. 숨이 차고 힘들어도, 아무도 내가 의사로 도움이 되리라 고 생각하지 않는다. 그리고 그곳에서 환자는 아무도 없었다. 히말라 야 어머니가 그들을 치유한 것 같다. 한국으로 귀국하니 의사도 돌아 오고 환자도 생긴다.

자연은 우리를 치유해 줄 수 있다. 우리 행복의 원천은 그 자연에 서 나온다. 히말라야 산속에서 우리들은 그것을 보고 온 것이리라. 그 런데 안타깝게도 우리는 그 자연을 무시하고 해치고 있다. 난 히말라 야에 다녀온 뒤에 의사로서 자연을 지키는 것은 의사의 사명일 수도 있 다고 생각하게 되었다. 왜냐하면 자연을 이해하게 되면 질병도 막을 수 있고 치유에도 도움이 되기 때문이다. 자연은 모든 것을 치유할 수 있 다. **노동영**

사랑하는 엄마들에게

히말라야 트레킹을 가기 1년 전, 친구 어머니이신 박경희님을 만났어요. 어느 날 "고타로도 히말라야 갈래?"하시는데 아무생각 없이 "갈래요!!"라고 답했죠. 이 기회를 놓치면 두 번 다시 갈 수 없을 것 같았기 때문에요. 실제로 이번 여행은 너무도 뜻 깊은 것이었으며 참가하기를 정말 잘했다고 생각해요.

히말라야에서는 웅대한 자연과 그곳 사람들의 생활에 감격하는 한편 고산병에 시달리며 수도나 전기가 없는 산장 생활, 입에 안 맞는 한국음식 등 일본과는 너무도 다른 생활환경에 많이 힘들었어요. 너무 힘들어 '빨리 일본에 돌아가고 싶다'는 생각을 하며 발걸음을 멈춘 적도 있었어요. 히말라야 여행으로 몸무게가 10kg이나 줄었으니, 지금도 정말 힘든 여행으로 기억됩니다. 하지만 모든 고통을 극복해 여행을 마치고 무사히 돌아온 것은 나에게 있어서도 큰 기쁨이며 자신감을 가질 수 있었어요.

그리고 유방암 환우회 여러분들의 강인함과 따뜻함에 감동 받았습니다. 환우회 엄마들 모두 고맙습니다. 다들 힘들고 괴로운데 격려해 주시고 위로해 주시고 챙겨 주시고……' 생각해보면 모두 유방암과 싸우신 분들이시고 투병 생활도 결코 순탄치 않으셨을 거예요. 엄마들의 씩씩한 한걸음 한걸음에는 그야말로 암과 맞서 싸운 강인함이 있었습니다.

'인생은 여행과 같다'는 말이 있습니다. 이번 히말라야 여행을 통해 그 말에 공감했어요. 인생에는 넘어야하는 높은 산과 깊은 계곡과 같은 수많은 고난들이 있지만 많은 사람들을 만나고 도움을 받아 GOAL을 향해갑니다. 히말라야 길은 그야말로 인생과 같다는 생각이 들었어요.

많은 분들과 즐거운 시간을 함께하고 큰 자신감을 얻었던 히말라야 여행. 소중하고 특별한 기회를 만들어주신 환우회 엄마들, 정말로 감사합니다.

일본에서

다카쓰 고타로 올림

핑크 히말라야

ⓒ 한국유방암환우회합창단, 2012

초판 인쇄   2012년 10월 10일
초판 발행   2012년 10월 17일

지은이   한국유방암환우회합창단
펴낸이   김승욱
편집   정은아
디자인   김현우 문성미
마케팅   이숙재
온라인마케팅 김희숙 김상만 이원주 고경태 한수진
제작   안정숙 서동관 임현식

펴낸곳   이콘출판(주)
출판등록   2003년 3월 12일 제406-2003-059호

주소   413-756 경기도 파주시 문발동 파주출판도시 513-7
전자우편   book@econbook.com
전화   031-955-7979
팩스   031-955-8855

ISBN   978-89-97453-07-8 03810

＊이 도서의 국립중앙도서관 출판시도서목록(CIP)은 e-CIP 홈페이지
  (http://www.nl.go.kr/cip.php)에서 이용하실 수 있습니다.(CIP제어번호: CIP2012004501)